牛乳カンパイ係、田中くん

天才給食マスターからの挑戦状！

並木たかあき・作
フルカワマモる・絵

JN179331

集英社みらい文庫

大《おお》久《く》保《ぼ》ノリオ
5年《ねん》1組《くみ》の恐怖《きょうふ》の大王《だいおう》。
ちょっと乱暴《らんぼう》だが、実《じつ》は
やさしい一面《いちめん》も…。
田《た》中《なか》
5年《ねん》1組《くみ》の人気者《にんきもの》。
牛乳《ぎゅうにゅう》カンパイ係《がかり》として、
給食《きゅうしょく》の悩《なや》みを解決《かいけつ》する。
鈴《すず》木《き》ミノル
牛乳《ぎゅうにゅう》が飲《の》めない、
ちょっと気弱《きよわ》な転入生《てんにゅうせい》。
食《た》べ物《もの》の好《す》ききらいが多《おお》い。

御《お》石《いし》井《い》小《しょう》学《がっ》校《こう》の
メンバー
増《ます》田《だ》先《せん》輩《ぱい》
田中《たなか》のあこがれの先輩《せんぱい》。
6年《ねん》1組《くみ》の天才《てんさい》・給食《きゅうしょく》マスター。
多《た》田《だ》見《み》
マモル先《せん》生《せい》
5年《ねん》1組《くみ》の担任《たんにん》。
生徒《せいと》たちをひたすら見守《みまも》る、
やさしい先生《せんせい》。
三《み》田《た》ユウナ
いつもまわりに気配《きくば》り
している、しっかり者《もの》の
委員長《いいんちょう》。
難《なん》波《ぱ》ミナミ
大阪出身《おおさかしゅっしん》。
料理《りょうり》のうまい、元気《げんき》な女《おんな》の子《こ》。
田中《たなか》くんのライバル!?

もくじ

1杯目《ばいめ》 給食《きゅうしょく》マスター・トライアル！

給食《きゅうしょく》の時間《じかん》が、やってきた。

今日《きょう》のメニューは、サバのみそ煮《に》、春雨《はるさめ》サラダ。豆腐《とうふ》のみそ汁《しる》に、ごはん、牛乳《ぎゅうにゅう》。

そして、なんと、デザートは……。

7月《がつ》の、この暑《あつ》い時季《じき》にうれしい、冷凍《れいとう》ミカン！

「それでは、いた〜だき〜ます！」

「「いた〜だき〜ます！」」

給食《きゅうしょく》の時間《じかん》が始《はじ》まると、今日《きょう》も『牛乳《ぎゅうにゅう》カンパイ係《がかり》』として、田中《たなか》くんは動《うご》きだす。

「見《み》てろ、ミノル。今日《きょう》も、給食《きゅうしょく》を、楽《たの》しくしちゃうぜ！」

ぼくと同《おな》じ給食班《きゅうしょくはん》の田中《たなか》くんは、右手《みぎて》に牛乳《ぎゅうにゅう》ビンを持《も》つと、片足《かたあし》をどんとイスにのせ、叫《さけ》んだんだ。

「おまえらぁ、ちゅうもーく！」


『牛乳《ぎゅうにゅう》カンパイ係《がかり》』の仕事《しごと》は、給食《きゅうしょく》を楽《たの》しくもりあげること。

そして、給食《きゅうしょく》に関《かん》するトラブルを、なんでも解決《かいけつ》してあげること。

実際《じっさい》、今年《ことし》の5月《がつ》にこの御石井小学校《おいしいしょうがっこう》の5年《ねん》1組《くみ》へ転入《てんにゅう》してきたぼく鈴木《すずき》ミノルは、田《た》中《なか》くんに給食《きゅうしょく》のトラブルを解決《かいけつ》してもらっていた。

ぼくはきらいな食《た》べ物《もの》が、ものすごく多《おお》くて、給食《きゅうしょく》の時間《じかん》が本当《ほんとう》にいやだったんだ。

でも、田中《たなか》くんの知恵《ちえ》と工夫《くふう》のおかげで、牛乳《ぎゅうにゅう》も飲《の》めるようになったし、ピーマンも食《た》べられるようになったんだよ。

田中《たなか》くんは、いつものように、クラスのみんなをあおって、もりあげ始《はじ》めた。

「今日《きょう》も、みんないくぞぉ！」

「「「うおおおおおおーっ！」」」

クラスのみんなは声《こえ》を合《あ》わせて、力《ちから》いっぱい返事《へんじ》した。

「おまえらぁ！　準備《じゅんび》はいいかーっ？」

「「「うおおおおおおーっ！」」」

クラス全員《ぜんいん》が注目《ちゅうもく》する中《なか》で、田中《たなか》くんの『牛乳《ぎゅうにゅう》カンパイ係《がかり》』の仕事《しごと》が始《はじ》まった。

コンサートのような手拍子《てびょうし》が、教室《きょうしつ》に響《ひび》き始《はじ》める。

パン・パン・パン・パン！

パン・パン・パン・パン！

担任《たんにん》の多田見《ただみ》マモル先生《せんせい》は「またいつものことですねぇ」と、ニコニコ顔《がお》で、ただ見《み》守《まも》っている。

ひとつ大《おお》きく息《いき》を吸《す》い、田中《たなか》くんが、叫《さけ》んだ。

「みんな、いくぜ！　まずは、『カンパイ桃太郎《ももたろう》』の歌《うた》！」

♫た～なかくん　たなかくん♪
お腰《こし》に手《て》をあて　牛乳《ぎゅうにゅう》を♪
ひとつ　ぐいっと
飲《の》んでみて♪

♫飲《の》～みましょう　飲《の》みましょう♪
これから飲《の》むよ　盛大《せいだい》に♪
3！　2！　1！　で
飲《の》みましょう！

「「「3！」」」
「「「2！」」」
「「「1！」」」♪

田中《たなか》くんは、冷《つめ》たいビンいり牛乳《ぎゅうにゅう》を、ぐいっと飲《の》み干《ほ》す。

それから、みんなに見《み》えるように、高《たか》くかかげた。

「田中《たなか》、速《はえ》ぇ！」

「田中《たなか》、すげぇ！」

クラスのみんなからは、割《わ》れんばかりの拍手《はくしゅ》が起《お》こる。

その鳴《な》りやまない拍手《はくしゅ》の中《なか》で、空《から》っぽの牛乳《ぎゅうにゅう》ビンをかかげたまま、田中《たなか》くんはこんなことを叫《さけ》んだんだ。


「オレのノドは、灼《しゃく》熱《ねつ》の砂《さ》漠《ばく》でできている！」


クラスのみんなは大《おお》もりあがり。

さすがは、人気者《にんきもの》の田中《たなか》くんだ。

拍手《はくしゅ》はいつまでも鳴《な》りやまない。

ところが、その鳴《な》りやまない拍手《はくしゅ》をさえぎるようにして……。

「味気《あじけ》ない世界《せかい》に、給食《きゅうしょく》を！」

突然《とつぜん》、５年《ねん》１組《くみ》の教室《きょうしつ》に、放送《ほうそう》スピーカーから、大音量《だいおんりょう》の声《こえ》が響《ひび》きわたったんだ。

「誰《だれ》だっ？」

「放送室《ほうそうしつ》からだ！」

聞《き》こえてきた妙《みょう》な発言《はつげん》に、クラスのみんなは、拍手《はくしゅ》をやめて、おどろいている。

次《つぎ》に、なにが聞《き》こえてくるのか。

ぼくたちは集中《しゅうちゅう》して、放送《ほうそう》に耳《みみ》を傾《かたむ》けたんだ。

「いやー、田中《たなか》くん。すばらしい！　じつにすばらしい飲《の》みっぷりだ！　ふはははははははははははは！　はははは。は、は、は、げふっ。げふん。げほげほ。げふんっ。げふんっ」

声《こえ》の主《ぬし》は、わらいすぎたみたいで、ものすごくせきこんでいる。

「じつにいいものを見《み》せてもらったよ。ふはははは」

見《み》せてもらった？

放送室《ほうそうしつ》の声《こえ》の主《ぬし》には、ぼくたちの教室《きょうしつ》のことが見《み》えているみたい。

「なにこれ。変《へん》な放送《ほうそう》だね。放送委員《ほうそういいん》のイタズラかな？」

そういって、田中《たなか》くんに目《め》をむけると……。

「えっ？」

田中《たなか》くん、冷凍《れいとう》ミカンを両手《りょうて》に持《も》ったまま、かたい表情《ひょうじょう》で、動《うご》かないんだ。

「なに？　どうしたの、田中《たなか》くん？」

「このせきこみ方《かた》は、まちがいない。この声《こえ》の人物《じんぶつ》は……」

田中《たなか》くん？

せきこみ方《かた》をヒントに、声《こえ》の主《ぬし》が誰《だれ》だかわかっちゃうの？

教室《きょうしつ》の放送《ほうそう》スピーカーを、田中《たなか》くんは鋭《するど》い目《め》で見《み》あげた。

「増田先輩《ますだせんぱい》だ」

増田先輩《ますだせんぱい》の名前《なまえ》を聞《き》いて、クラスのみんなは、ざわつき始《はじ》めた。

「天才《てんさい》・『給食《きゅうしょく》マスター』の、増田先輩《ますだせんぱい》だ。ミノルには、前《まえ》に、教《おし》えたことがあったと思《おも》うんだけど」

「ああ！　田中《たなか》くんがあこがれているっていう、あの増田先輩《ますだせんぱい》かぁ！」


【戦争寸前《せんそうすんぜん》になっているふたつの国《くに》のリーダー同士《どうし》を、食事会《しょくじかい》で、仲《なか》なおりさせよ】


増田先輩《ますだせんぱい》は、こんなムチャクチャなミッションを軽々《かるがる》とクリアし、最年少《さいねんしょう》・給食《きゅうしょく》マスターになった。人気《にんき》ユーチューバーとしても活躍《かつやく》する、天才《てんさい》・給食《きゅうしょく》マスターなんだ。

「いやあ、田中《たなか》くん！　ごきげんよう！」

増田先輩《ますだせんぱい》は、外国《がいこく》のお金持《かねも》ち貴族《きぞく》みたいなしゃべり方《かた》をするみたい。

いったい、なんで、増田先輩《ますだせんぱい》はこんな放送《ほうそう》を始《はじ》めたのかな？

ぼくの横《よこ》では、緊張《きんちょう》した表情《ひょうじょう》のまま、田中《たなか》くんがスピーカーを見《み》あげていた。

「キミは、給食《きゅうしょく》マスターになりたいんだって？」

突然《とつぜん》の質問《しつもん》に、田中《たなか》くんはあわてて「はい」とこたえる。

「なぜなんだい？」

こちらの声《こえ》も、あっちに聞《き》こえているみたい。

増田先輩《ますだせんぱい》は、かくにんするようなしゃべり方《かた》でつづけた。

「給食《きゅうしょく》マスターは、『食《しょく》』に関《かか》わるあらゆる仕事《しごと》で、絶大《ぜつだい》な信頼《しんらい》を得《え》ることができる。しかしその代《か》わり、給食《きゅうしょく》マスター委員会《いいんかい》がだす『食《しょく》』のトラブルを、解決《かいけつ》しなくちゃいけないんだ」

へえ、そうなんだね。

「ぼくは以前《いぜん》、外国《がいこく》で、食糧不足《しょくりょうぶそく》の地域《ちいき》の争《あらそ》いを解決《かいけつ》したこともあるんだけど、そのときには、銃《じゅう》を頭《あたま》につきつけられた。命《いのち》の危険《きけん》を感《かん》じたよ」

命《いのち》の危険《きけん》っ？

そんなに危《あぶ》ないんだったら、別《べつ》に給食《きゅうしょく》マスターになんかならなくてもいいかなって、ぼくなんか、思《おも》っちゃうんだけど？

「聞《き》きたいんだ。田中《たなか》くんは、なぜ、給食《きゅうしょく》マスターを、目指《めざ》しているのかな？」

増田牛乳
増田牛乳
増田牛乳

田中《たなか》くんは、増田先輩《ますだせんぱい》の声《こえ》がでてくるスピーカーを、真剣《しんけん》な顔《かお》で見《み》つめて告《つ》げた。

「じつは……」

ゆっくりと、つづける。

「亡《な》くなった母《かあ》さんとの、約束《やくそく》なんです」

亡《な》くなった、お母《かあ》さん？

5年《ねん》1組《くみ》のみんなは、緊張《きんちょう》していた。

どうやら、クラスのみんなも、そんな約束《やくそく》があるなんて、知《し》らなかったみたいだ。

「……話《はな》してみたまえ」

亡《な》くなったお母《かあ》さんとのその約束《やくそく》を、田中《たなか》くんは、ぼくたちに教《おし》えてくれたんだ。

＊

「管理栄養士《かんりえいようし》だったオレの母《かあ》さんは、給食《きゅうしょく》のメニューを考《かんが》える仕事《しごと》をしていたんです。病《びょう》気《き》で具合《ぐあい》が悪《わる》くなって、仕事《しごと》をやめて入院《にゅういん》してからも、ずっと、母《かあ》さんはメニューを考《かんが》えつづけていました。母《かあ》さんの考《かんが》えたメニューは、学校《がっこう》で、すごく評判《ひょうばん》がよかったんだそうです」

悲《かな》しい話《はなし》だけど、力強《ちからづよ》く、田中《たなか》くんはつづける。

「母《かあ》さんが入院《にゅういん》したときに、オレ、思《おも》ったんです。そんなお宝《たから》みたいなメニューがたくさんあるのに、使《つか》わないのはもったいないって。で、母《かあ》さんが亡《な》くなる直前《ちょくぜん》に、約束《やくそく》したんです」

田中《たなか》くんは、少《すこ》しだけわらった。

「『オレが給食《きゅうしょく》マスターになって、世界《せかい》のみんなに、母《かあ》さんの給食《きゅうしょく》レシピを届《とど》ける』って」

田中《たなか》くんのお母《かあ》さんは、田中《たなか》くんが小学校《しょうがっこう》に入学《にゅうがく》する直前《ちょくぜん》の3月末《がつまつ》に、亡《な》くなった。

いつだったか、そう、聞《き》いたことがあるんだ。

——4月《がつ》になったら、オレの小学校入学《しょうがっこうにゅうがく》と、オレの誕生日《たんじょうび》を、母《かあ》さん特製《とくせい》のチラシずしでお祝《いわ》いしようって、決《き》めてたんだけどな。

残念《ざんねん》そうにいっていたよ。

お父《とう》さんは、いまも世界一周客船《せかいいっしゅうきゃくせん》のシェフとして、働《はたら》いているんだって。

「オレが給食《きゅうしょく》マスターになったら、増田先輩《ますだせんぱい》のように、世界《せかい》で活躍《かつやく》したいんです。まだ給《きゅう》食《しょく》のない国《くに》に、楽《たの》しく食《た》べることができていない人《ひと》たちのところに、給食《きゅうしょく》を広《ひろ》めたい。そのときには、母《かあ》さんののこした給食《きゅうしょく》レシピを、みんなに教《おし》えてあげたいんです」

教室《きょうしつ》は、しんとしずかになってしまった。

「給食《きゅうしょく》マスターになることは、オレと亡《な》くなった母《かあ》さんとの、約束《やくそく》なんです！」

田中《たなか》くんのヒミツの夢《ゆめ》を知《し》って、いつもまじめな三田《みた》ユウナちゃんは、ちょっとだけなみだ目《め》になっていた。ユウナちゃんは、やさしい、クラス委員長《いいんちょう》だ。5月《がつ》に転入《てんにゅう》してきたばかりのぼくが、田中《たなか》くんと仲《なか》よくなるキッカケをつくってくれたこともあるんだよ。

「……なるほどねぇ」

増田先輩《ますだせんぱい》までしんみりしてしまったことが、放送《ほうそう》の声《こえ》だけでも伝《つた》わった。

「ぐおおおおおお。田中《たなか》あぁぁっ！」

あれあれ？

ひとりだけ、なんだかさわがしいひとがいるよ。

「お前《まえ》、母《かあ》ちゃんと、そんな約束《やくそく》を……。くーぅ！」

大久保《おおくぼ》ノリオだ。

いつも自分《じぶん》を「オレサマ」とよび、自分《じぶん》は「やさしい」とアピールする、ノリオ。

「やさしいオレサマは、ものすごく、感動《かんどう》したぞぉ！」

クラスで一番《いちばん》大《おお》きなノリオは、大《おお》きな声《こえ》で、泣《な》きじゃくっている。

5年《ねん》1組《くみ》の恐怖《きょうふ》の大王《だいおう》は、変《へん》に、なみだもろいんだ。

「……ふぅ。オレサマとしたことが、感動《かんどう》して、泣《な》いちまったぜ」

ノリオは、ニカッと、照《て》れたような笑顔《えがお》を見《み》せた。

わらうノリオの鼻《はな》の穴《あな》からは、元気《げんき》な鼻毛《はなげ》が「コンニチハ☺」と、丸《まる》だしになっていたんだけどね。

ノリオのさわぎがおさまると、増田先輩《ますだせんぱい》が、こんな宣言《せんげん》をした。

「じゃあ、田中《たなか》くん。1週間《しゅうかん》だ」

ん？

増田先輩《ますだせんぱい》は、急《きゅう》に、なにをいいだしたんだろう？

「ぼくは、この1週間《しゅうかん》で、3つのミッションを、キミにあたえる」

「3つの、ミッション？ あっ。それは、もしかして……っ」

田中《たなか》くんには、なにか、思《おも》いあたることがあるみたい。

緊張《きんちょう》した表情《ひょうじょう》で、かくにんした。

「オレに、『給食《きゅうしょく》マスター・トライアル』を、受《う》けさせてくれるんですかっ？」

「ああ、そうさ」

給食《きゅうしょく》マスター・トライアル。

田中《たなか》くんは知《し》っているみたいだけれど、いったい、なんのことだろう？

「『給食《きゅうしょく》マスター・トライアル』では、給食《きゅうしょく》マスターから、3つのミッションがだされる。そのうちひとつでも、ミッションをクリアすることができれば、『給食《きゅうしょく》マスター委員会《いいんかい》』に、キミを推薦《すいせん》してあげよう。約束《やくそく》だ」

なんだって！

やっと増田先輩《ますだせんぱい》の考《かんが》えがわかって、教室内《きょうしつない》がざわつき始《はじ》めた。

これは、田中《たなか》くんが、給食《きゅうしょく》マスターになるためのテストなんだ！

田中《たなか》くんの顔《かお》には、よろこびと興奮《こうふん》がまじっている。

増田先輩《ますだせんぱい》の提案《ていあん》に、クラスのざわつきは、とまらない。


「ちょっと待《ま》ってや！」


ここで声《こえ》をあげたのは、難波《なんば》ミナミちゃんだった。

田中《たなか》くんと同《おな》じく、給食《きゅうしょく》マスターを目指《めざ》している、料理《りょうり》のうまい女《おんな》の子《こ》だ。

ミナミちゃんの家《いえ》は、『難波食堂《なんばしょくどう》』っていう、ここ御石井《おいしい》エリアで大評判《だいひょうばん》の、定食屋《ていしょくや》さんをやっている。

ぼくが転入《てんにゅう》してくる2年前《ねんまえ》くらいに、ミナミちゃん一家《いっか》は、大阪《おおさか》からひっ越《こ》してきたんだってさ。家《いえ》のひとのやっている定食屋《ていしょくや》さんは、大阪《おおさか》でも、大人気《だいにんき》だったんだって。

「うちも給食《きゅうしょく》マスターになりたいんや！」

田中《たなか》くんのことを「ライバルだ」と宣言《せんげん》して、いつも田中《たなか》くんと、はり合《あ》っているよ。

「うちにも、『給食《きゅうしょく》マスター・トライアル』を、受《う》けさせてください！」

「ダメだ」

増田先輩《ますだせんぱい》は、きっぱりと告《つ》げた。

「キミには、まだ、はやい。難波《なんば》ミナミくん」

「そんなぁ。おねがいです！　なんで、田中《たなか》ばっかり……っ」

ミナミちゃんはくやしそうに、くちびるを結《むす》んだ。

ライバルの田中《たなか》くんだけが、増田先輩《ますだせんぱい》に認《みと》められたんじゃあ、そりゃあせるよね。

「ん？　待《ま》てよ……」

ぼく、ちょっとまずいことに、気《き》がついちゃったんだけど？

「ねぇ、田中《たなか》くん。たしか、増田先輩《ますだせんぱい》のときは『食事会《しょくじかい》で、ふたつの国《くに》の戦争《せんそう》をとめる』なんていう、ムチャクチャなことがテストだったんだよね」

戦争《せんそう》をとめるなんてレベルのムチャクチャなこと、ひとつだって、できるわけないじゃないか。

「ふははははははは。鈴木《すずき》ミノルくん。心配《しんぱい》はいらないさ。この『天才《てんさい》・増田《ますだ》』のと

きのテストは、特例中《とくれいちゅう》の特例《とくれい》だったからね」

ふつう、自分《じぶん》のことを自分《じぶん》で「天才《てんさい》」ってよんじゃうひとは、「天才《てんさい》」なんかじゃない。

ところが、戦争《せんそう》をとめたり、食糧不足《しょくりょうぶそく》の地域《ちいき》の争《あらそ》いを解決《かいけつ》したり。

増田先輩《ますだせんぱい》が、あふれる才能《さいのう》の持《も》ち主《ぬし》であることは、誰《だれ》が見《み》たって、まちがいない。

「さあ！『給食《きゅうしょく》マスター・トライアル』の始《はじ》まりだ！ ひとつ目《め》のミッションを、だそうじゃないか！」

いったい、どんなむずかしいミッションがだされるのか。

クラスのみんなは緊張《きんちょう》しながら、増田先輩《ますだせんぱい》の言葉《ことば》を待《ま》った。

田中《たなか》くんは、緊張《きんちょう》して、ごくりと、ツバを飲《の》みこむ。

「トマトだ」

「「ト、トマト？」」

クラスのみんなが、首《くび》をかしげた。

「明日《あした》の給食《きゅうしょく》には、トマトがでる。この時季《じき》、夏《なつ》においしくなるトマトだけれども、にがてなひとは多《おお》い。ぼくはね、このおいしくて栄養価《えいようか》の高《たか》いトマトを、ぜひみんなに食《た》べてもらいたいんだ。たとえば、ミノルくん。キミのようなひとにね」

「え？　ぼく？」

「ミノルくんは、トマトがにがてなんだろう？」

「は、はい」

「味《あじ》や香《かお》りは平気《へいき》なのに、食《た》べたときのグチュグチュが、大《だい》っきらいなんだろう？」

「ど、どうして、そんなことまで知《し》っているのっ？」

「ふははははははははははは。はは。は。はっ。げふん。げふっ。げふんっ」

増田先輩《ますだせんぱい》は、せきこんで、ぼくの質問《しつもん》にはこたえなかった。

増田先輩《ますだせんぱい》から発表《はっぴょう》された、第《だい》1のミッション。

それは……。

第《だい》1のミッション【ミノルに、トマトを、克服《こくふく》させよ！】

「えーっ！　なにそれっ？」

なんか、ぼくが実験台《じっけんだい》みたいになってるんだけど？

「あ。そうそう、田中《たなか》くん」

ここで、増田先輩《ますだせんぱい》は。

とてもとても大切《たいせつ》なことを、すごく軽《かる》〜く、つけ足《た》したんだ。

「『給食《きゅうしょく》マスター・トライアル』は、人生《じんせい》で1回《かい》しかチャレンジできないんだけど……いいよね？」

はい？

人生《じんせい》で、1回《かい》だけ？

ぼくはおどろいて、思《おも》わず田中《たなか》くんの顔《かお》をかくにんしちゃったよ。

さすがに知《し》らなかったようで、目《め》を大《おお》きくひらいておどろいている。

「今回《こんかい》の3つのミッションのうち、ひとつもクリアできなければ、キミは一生《いっしょう》、給食《きゅうしょく》マスターになることはできない」

田中《たなか》くんが、夢《ゆめ》をかなえるチャンスは、今回《こんかい》しかないってことだ！

「それでも、この3つのミッション、チャレンジしてみるかい?」

「もちろんです！」

即答《そくとう》だ。かっこいいよ。

生《い》き生《い》きした目《め》で、なんだかうれしそう。

田中《たなか》くんには、迷《まよ》いなんかなかったんだ。

「それでは、ひとつ目《め》のミッション。【ミノルに、トマトを、克服《こくふく》させよ!】」

田中《たなか》くんも、クラスのみんなも、いっせいにぼくを見《み》た。

「これがクリアできたかは、明日《あした》の給食《きゅうしょく》の時間《じかん》に、家庭科室《かていかしつ》で、かくにんしよう!」

「えええええ、明日《あした》っ？」

ここで、ぼくは、叫《さけ》んでしまう。

「それは、はやすぎるよ！」

明日《あした》のお昼《ひる》までに、ぼくのトマトぎらいを治《なお》すの？

いままで生《い》きてきた10年間《ねんかん》で、ぼくは一度《いちど》だって、トマトを食《た》べられたことはないんだよ！

「それではみんな、ごきげんよう！　また明日《あした》！　ふははははははははは。ははは。はっ。げふっ。げふんげふん。げふん」

さいごまでせきこみながら、増田先輩《ますだせんぱい》の放送《ほうそう》は終《お》わった。

こうして、ついに──。

田中《たなか》くんが給食《きゅうしょく》マスターになるためのテストが、始《はじ》まっちゃったんだよ。

＊

第《だい》1のミッションは、ぼくがトマトを食《た》べられれば、クリア。

そういうことなら──。

「田中《たなか》くん！　放課後《ほうかご》、一緒《いっしょ》に、明日《あした》にむけての作戦《さくせん》を立《た》てようよ！」

自分《じぶん》の家《いえ》にランドセルを置《お》いてすぐ、ぼくは田中《たなか》くんの家《いえ》へ走《はし》った。

「お、きたなミノル。まずは、ポテチでも食《く》おうぜ！」

「え？　……うん」

玄関《げんかん》でむかえてくれた田中《たなか》くんは、ぼくをキッチンへ連《つ》れていく。

テーブルにむかい合《あ》わせで座《すわ》ると、ざざっとポテトチップスをお皿《さら》にだした。

「このあたらしいポテチ、うまいんだぞっ！　夏限定《なつげんてい》・ピリ辛《から》うなぎ味《あじ》！」

「……田中《たなか》くん、ずいぶん、よゆうがあるね」

おいしそうに、ポテチをバクバク食《た》べる田中《たなか》くん。

ポテチを何枚《なんまい》も重《かさ》ねてから、「見《み》よ！　重《かさ》ねポテチの、ゴジラ食《ぐ》い！」なんて大《おお》きな口《くち》でかみくだき、「ガオーッ」とほえて、いつものようにふざけているんだ。

まさか、ぜんぜん緊張《きんちょう》していないのかな？

なんだか、ぼくのほうが緊張《きんちょう》しているみたいなんだけど。

ぼくには、きらいな食《た》べ物《もの》がたくさんある。

牛乳《ぎゅうにゅう》だって、ピーマンだって、だいじょうぶになったのは、田中《たなか》くんが助《たす》けてくれた、つい最近《さいきん》のことなんだよね。

「ねえ、田中《たなか》くん。ぼくは、トマトを食《た》べられないんだよ。なにか、明日《あした》のための対策《たいさく》とか、必要《ひつよう》なんじゃないのかな？」

田中《たなか》くんの夢《ゆめ》が、かなうかどうか。

それがぼくにかかっているのかと思《おも》うと、まったく気《き》が抜《ぬ》けないんだよね。

「ああ。それなら、だいじょうぶ」

そういって、ポテチをバリバリかみながら、田中《たなか》くんは電子《でんし》レンジを指《ゆび》さしたんだ。


「じつは、もう、手《て》は打《う》ってある」

指《ゆび》で示《しめ》された電子《でんし》レンジは、動《うご》いているようだった。

中《なか》に、なにかが、はいっているみたい。

「じゃあ、中《なか》にはいっているのは、もしかして……」

「ああ。トマトだ」

トマトを、レンジで、あっためてるってこと？

「皿《さら》の上《うえ》に新聞紙《しんぶんし》とキッチンペーパーを敷《し》き、そこにうすーくスライスしたトマトをのせる。上《うえ》から塩《しお》を振《ふ》り、レンジで５分《ふん》だ」

しゃべっていると、レンジが鳴《な》った。

扉《とびら》を開《あ》け、中《なか》からでてきたのは、もうもうと湯気《ゆげ》を立《た》てる、スライストマト。

トマトの濃《こ》い香《かお》りが、湯気《ゆげ》と一緒《いっしょ》になって、部屋《へや》へ広《ひろ》がる。

ぼくがにがてなのはトマトのグチュグチュだから、香《かお》りや、味《あじ》は、だいじょうぶなんだ。

「レンジにかけると、水分《すいぶん》がたっぷりでてくるから、新聞紙《しんぶんし》とキッチンペーパーをとり替《か》える。これを5回《かい》もくりかえせば、ドライトマトの完成《かんせい》だ」

「ドライトマト？」

「乾《かわ》かしたトマトってことさ。ミノルは、トマトを食《た》べたときの、口《くち》の中《なか》でグチュグチュした感《かん》じが、いやなんだよな？」

「うん」

「あのグチュグチュは、水分《すいぶん》なんだ。だから、電子《でんし》レンジで水分《すいぶん》を飛《と》ばしてしまえば、ミノルだってトマトが食《く》える。簡単《かんたん》さ」

「なるほど！　もの知《し》りだね！　さすがは田中《たなか》くんだ！」

こうして完成《かんせい》したドライトマトを、ぼくはあっさりと、食《た》べることができた。

「すごいや！　田中《たなか》くんのおかげで、トマトを食《た》べられたよ！」

「まー、オレのおかげっていうか……」

田中《たなか》くんは満足《まんぞく》そうにわらう。

「オレの母《かあ》さんのおかげかもしれないよ」

「どういうこと？」

キッチンをでた田中《たなか》くん。

1冊《さつ》のノートを手《て》にして、戻《もど》ってきた。

それは、読《よ》みこんできたことがひと目《め》でわかるくらい、ボロボロのノートだった。

「これ、母《かあ》さんの、秘伝《ひでん》のノートなんだ」

「秘伝《ひでん》の、ノート？」

特別《とくべつ》なノートってことだ。

「たとえば、ここに、トマトのページがあるだろ？　どうすれば食《た》べやすくなるかが、いろいろ書《か》いてある。給食用《きゅうしょくよう》のメニューも、家庭料理《かていりょうり》も、この1冊《さつ》に、知恵《ちえ》がたっぷりつまっているんだ」

たしかに、ていねいなこまかい字《じ》で、びっしりと、トマトに関《かん》する情報《じょうほう》が書《か》かれていた。

グチュグチュがにがてなら、ドライトマトにする。

青《あお》くさいニオイがダメなら、トマトソースにする。

トマトの種《たね》のつぶつぶがいやなら、めんどうでも、とり除《のぞ》く。

そういうアドバイスと一緒《いっしょ》に、料理《りょうり》のレシピや、美《うつく》しいもりつけ方法《ほうほう》など、役立《やくだ》つ情報《じょうほう》が、たくさん書《か》かれていた。

「母《かあ》さんは、学校給食《がっこうきゅうしょく》のメニューを考《かんが》える仕事《しごと》をしていたんだ。だから、にがてな食《た》べ物《もの》がある子《こ》たちが、どうやったら食《た》べやすくなるのか、いつも考《かんが》えていたんだってさ」

へぇ。じゃあ、ぼくは、田中《たなか》くんとお母《かあ》さん、田中家《たなかけ》の親子《おやこ》ふたりのおかげで、トマトを食《た》べられたんだね。

「ただいまぁ」

ここで、玄関《げんかん》のドアがひらき、田中《たなか》くんのおばあちゃんが帰《かえ》ってきた。

買《か》い物《もの》にいっていたようで、手《て》にはスーパーのビニール袋《ぶくろ》をさげている。

「おやおや、トマトのいい香《かお》りがするねぇ」

鼻《はな》をひくつかせるおばあちゃんに、田中《たなか》くんはぼくを紹介《しょうかい》した。

ズズ…
プルプル
グググ

「ばあちゃん。これが、いつも話《はな》してるミノルだよ」

田中《たなか》くんのお父《とう》さんは、世界一周客船《せかいいっしゅうきゃくせん》のシェフなので、家《いえ》を空《あ》けることが多《おお》い。田中《たなか》くんは、おばあちゃんとふたり暮《ぐ》らしだ。

「こんにちは。おじゃましてます」

「ミノルくん、こんにちは。タベタと仲《なか》よくしてくれて、ありがとうね」

そうそう。

田中《たなか》くんの下《した》の名前《なまえ》、タベタっていうんだよ。

名札《なふだ》に「食太《たべた》」ってあるのを見《み》たときには、あまりに田中君《たなかくん》にぴったりで、ニヤニヤしちゃったよ。

「ああ、タベタ。そのノートは……」

おばあちゃんは、ノートを持《も》つ田中《たなか》くんにむけて、にこりとほほえんだ。

「給食《きゅうしょく》マスターになるっていうのが、タベタと、お母《かあ》さんとの、大切《たいせつ》な約束《やくそく》だもんねぇ」

田中《たなか》くんは、力強《ちからづよ》くうなずいた。

それから、真剣《しんけん》な表情《ひょうじょう》で、こうつづけたんだ。

「ばあちゃん。オレ、給食《きゅうしょく》マスターの推薦《すいせん》テストを受《う》けられることになったんだ」

「あらあら夕ベタ。それはすごいことなんじゃないの？　がんばってね」

「ぼくも応援《おうえん》してるよ、田中《たなか》くん。まず、そのためには明日《あした》、ぼくがトマトを食《た》べるところを、増田《ますだ》先輩《せんぱい》にしっかり見《み》てもらわなきゃね」

なんたって、ぼくがトマトを克服《こくふく》できれば、田中《たなか》くんは、給食《きゅうしょく》マスターに推薦《すいせん》してもらえるんだからね。

「責任重大《せきにんじゅうだい》だよなぁ」

ひとり言《ごと》をつぶやいてから、もう一度《いちど》、ドライトマトをかじる。

……うん。

だいじょうぶ。

食《た》べられるよ。

「さすがは田中《たなか》くんだ！　これで明日《あした》は、楽勝《らくしょう》だね！」

「おう！」

ところが――。

ぜんぜん楽勝《らくしょう》じゃないってことを、田中《たなか》くんは明日《あした》、思《おも》い知《し》らされるんだ。

2杯目《はいめ》

田中《たなか》十《じゅう》・六《ろく》奥義《おうぎ》VS《バーサス》増田《マスター》超絶《ミラクル》調理術《クック》

翌日《よくじつ》の火曜日《かようび》は、とてもとても、暑《あつ》い日《ひ》だった。

4時間目《じかんめ》のプールの授業《じゅぎょう》が終《お》わると、クラスのみんなはプールサイドを歩《ある》いて、シャワーへむかう。

「あれ？　田中《たなか》くんが、いないよ？」

太陽《たいよう》の照《て》りつけるプールサイドをさがしたけれども、田中《たなか》くんは見《み》あたらなかった。

「ドライトマトの準備《じゅんび》があるし、急《いそ》いで家庭科室《かていかしつ》へむかったのかな？」

ぼくもみんなのうしろから、シャワーへとむかったんだ。

「おや？」

シャワーには、ひとだかりができていた。

クラスのみんなが、大《おお》わらいしている。

「はははは！　田中《たなか》、お前《まえ》、なにふざけてるんだよ！」

そこでたしかに、田中《たなか》くんは、シャワーを浴《あ》びていた。

頭《あたま》から水《みず》を浴《あ》びながら、にらむように、どこか遠《とお》くを見《み》あげている田中《たなか》くん。

背筋《せすじ》をのばし、胸《むね》の前《まえ》で、左右《さゆう》の手《て》のひらを合《あ》わせている。

坊主頭《ぼうずあたま》の田中《たなか》くんがシャワーの滝《たき》に打《う》たれる様子《ようす》は、なんだかお坊《ぼう》さんの修行《しゅぎょう》みたいだ。

「なんみょー、ほーれん、ほーれんそー、トマトー、トマトー、とまとまトマトー、とまとまトマトー、トマトー……」

オリジナルのまちがったお経《きょう》を、ぶつぶつ、小声《こごえ》で唱《とな》えつづけていた。

「はははは。田中《たなか》ぁ。いつまでわらいとってんだよ」

とはいうものの、男《おとこ》の子《こ》たちは田中《たなか》くんにならい、滝《たき》に打《う》たれるまねを始《はじ》めた。

シャワーの下《した》で、全力《ぜんりょく》の変《へん》な顔《かお》をつくり、全力《ぜんりょく》の変《へん》な声《こえ》でお経《きょう》を唱《とな》える。それは夏《なつ》の

プールの時季《じき》ならではの、男《おとこ》の子《こ》たちが毎年《まいとし》よくやる悪《わる》ふざけだった。

けれども。

ぼくは、気《き》づいたんだ。

どうやら、田中《たなか》くんだけは、悪《わる》ふざけでやっているわけじゃなさそうなんだよ。

田中《たなか》くん、きっと、緊張《きんちょう》してる。

だって、田中《たなか》くんがいまも厳《きび》しい表情《ひょうじょう》で見《み》あげている場所《ばしょ》は――。

校舎《こうしゃ》3階《かい》の、家庭科室《かていかしつ》なんだから！

いまから、あの場所《ばしょ》で、増田先輩《ますだせんぱい》のミッションに、田中《たなか》くんはこたえるんだ。

「……よしっ」

シャワーからでてきた田中《たなか》くんは、両手《りょうて》でほっぺをバチンとたたき、自分《じぶん》に気合《きあ》いをいれた。

自分《じぶん》は、給食《きゅうしょく》マスターになれるのか。

お母《かあ》さんとの約束《やくそく》を、果《は》たせるのか。

ひとりじゃ抱《かか》えきれない緊張感《きんちょうかん》が、田中《たなか》くんを押《お》しつぶそうとしていたのかもしれない。

昨日《きのう》、ふだんどおりに、ふざけてポテチを食《た》べていたのは、ぼくに余計《よけい》なプレッシャーをかけないための気《き》づかいだったのかもしれないぞ。

「いよいよだね、田中《たなか》くん」

「おう、ミノル！　オレに、まかせとけ！」

田中《たなか》くんはもう一度《いちど》、校舎《こうしゃ》3階《かい》にある家庭科室《かていかしつ》を、真剣《しんけん》な表情《ひょうじょう》で見《み》あげたんだ。

＊

家庭科室《かていかしつ》では、5年《ねん》1組《くみ》の給食配膳《きゅうしょくはいぜん》が、まもなく終《お》わろうとしていた。

田中《たなか》くんのドライトマトも、準備《じゅんび》は順調《じゅんちょう》で、もう少《すこ》ししたらできあがるそうだ。

増田先輩《ますだせんぱい》は、まだ姿《すがた》を見《み》せていない。

「ひょっとしたら、また、放送《ほうそう》なのかな？」

そんなことを考《かんが》えながら、家庭科室《かていかしつ》のスピーカーを見《み》あげていたら。

「「失礼《しつれい》いたしますっ」」

ほぼ配膳《はいぜん》の終《お》わった家庭科室《かていかしつ》に、黒《くろ》いスーツの強《つよ》そうな男《おとこ》のひとたちが、どどどどっと駆《か》けこんできたんだ。

20人《にん》くらいのそのひとたちは、危険物《きけんぶつ》や不審者《ふしんしゃ》をチェックして、家庭科室内《かていかしつない》の安全《あんぜん》をあちこちたしかめ始《はじ》めた。

安全《あんぜん》がかくにんされてから、家庭科室入《かていかしつい》り口《ぐち》で、２列《れつ》になった。

「「坊《ぼっ》ちゃまの～、ご到着《とうちゃく》～！」」

その列《れつ》の間《あいだ》を通《とお》ってゆっくりと歩《ある》いてきたのが、天才《てんさい》・給食《きゅうしょく》マスターの、増田先輩《ますだせんぱい》だったんだ。

増田先輩《ますだせんぱい》は、金色《きんいろ》の髪《かみ》を、右手《みぎて》でふわりとかきあげた。

「味気《あじけ》ない世界《せかい》に、給食《きゅうしょく》を！」

増田先輩《ますだせんぱい》は、外国《がいこく》の王子様《おうじさま》のような服装《ふくそう》で、全身真《ぜんしんま》っ赤《か》。マントをひるがえし、ゆうゆうと歩《ある》いてくる。腰《こし》にはお玉《たま》やトングがさがり、胸《むね》の名札《なふだ》には、勲章《くんしょう》までついていた。

これ、いつもの服《ふく》なんだよね？　ヨーロッパの王子様《おうじさま》みたいな、ものすごく、派手《はで》な服装《ふくそう》だった。

「「キャー！　増田先輩《ますだせんぱい》！」」

増田先輩《ますだせんぱい》の登場《とうじょう》に、女子《じょし》たちが叫《さけ》んだ。

「どうしよう、どうしよう、どうしよう、どうしよう！」

急《きゅう》に、いつもまじめなユウナちゃんが、はしゃぎ始《はじ》める。

「どうしたの、ユウナちゃん？」

「増田先輩《ますだせんぱい》カッコイイ、どうしよう！」

「……どうもしなくて、だいじょうぶだよ」

じつはこっそりとアイドル好《ず》きのユウナちゃんは、メガネの下《した》の両目《りょうめ》をキラキラと輝《かがや》かせ、いつものおちつきを完全《かんぜん》に失《うしな》っていた。

「5年《ねん》1組《くみ》のみんな、ごきげんよう！　ふはははは！」

増田先輩《ますだせんぱい》は、アイドルのように手《て》をふり、女子《じょし》たちの歓声《かんせい》にこたえている。

「増田《ますだ》くん」

多田見先生《ただみせんせい》が、声《こえ》をかけた。

「わたしたちはもう、『いただきます』の準備《じゅんび》ができています。先《さき》に、今回《こんかい》のルールを説《せつ》明《めい》してください」

「わかりました」

増田先輩《ますだせんぱい》は、家庭科室《かていかしつ》の一番前《いちばんまえ》に立《た》ち、みんなの注目《ちゅうもく》を集《あつ》めた。

「それでは、ルールを説明《せつめい》しよう！」

ぼくのとなりの席《せき》の田中《たなか》くんは、ごくりと、ツバを飲《の》みこんだ。

こうして、ついに。

田中《たなか》くんと、増田先輩《ますだせんぱい》が、いま、同《おな》じ部屋《へや》でむき合《あ》った。

「ルールは簡単《かんたん》。いまから、ミノルくんに、今日《きょう》の給食《きゅうしょく》にでてくるトマトを、食《た》べてもらう。田中《たなか》くんが工夫《くふう》を凝《こ》らしたトマトをね」

ぼくと田中《たなか》くんは、真剣《しんけん》な顔《かお》で、うなずき合《あ》う。

「田中《たなか》くんをのぞいた5年《ねん》1組《くみ》30人《にん》には、投票《とうひょう》をしてもらいたい。『田中《たなか》くんはこのミッションをクリアできた』と思《おも》った人《ひと》は『○』を、そうでない人《ひと》は『×』をね」

「投票《とうひょう》、ですか」

田中《たなか》くんは、ちょっと意外《いがい》そうな顔《かお》を見《み》せた。

「ああそうさ。ぼくひとりが好《す》き勝手《かって》に判断《はんだん》したら、フェアじゃないだろう？　投票《とうひょう》したあとで、全員《ぜんいん》が○になったときに、ミッションのクリアと認《みと》めよう」

全員《ぜんいん》が、○。

全員《ぜんいん》？

これって、かなり、むずかしいんじゃないのかな？

「だいじょうぶだ、ミノル」

田中《たなか》くんは、となりの席《せき》からそっとぼくと肩《かた》を組《く》み、ひっそりと告《つ》げる。

「昨日《きのう》、食《く》えたんだ。今日《きょう》だって食《く》えるさ。みんなも、きっと、わかってくれる。お前《まえ》なら、だいじょうぶだ」

「うん」

そうだよね。

そもそも、田中《たなか》くんが、亡《な》くなったお母《かあ》さんの知恵《ちえ》を使《つか》って、つくってくれたドライトマトなんだ。

田中《たなか》くんと、田中《たなか》くんのお母《かあ》さんと、ふたり分《ぶん》の気持《きも》ちが詰《つ》まっている。

食《た》べられないわけがないじゃないか！

「さあ、ミノルくん」

家庭科室《かていかしつ》の一番前《いちばんまえ》にいる増田先輩《ますだせんぱい》が、ぼくをよんだ。

「こちらへきたまえ」

「あ、はい。いまいきます」

ぼくがトマトを食《た》べられるのかで、ミッションがクリアできるかどうかが決《き》まっちゃうんだ。

大《おお》きな責任《せきにん》を感《かん》じるよ。

だから、歩《ある》くときにまで緊張《きんちょう》しすぎて。

「あら？　あらら？」

ついつい、右手《みぎて》と右足《みぎあし》が、同時《どうじ》にでちゃったくらいだよ。

増田先輩《ますだせんぱい》のところまで歩《ある》いていく間《あいだ》に、さっきの黒《くろ》いスーツのひとたちが、机《つくえ》とイスを用意《ようい》してくれた。

クラスのみんなが注目《ちゅうもく》する中《なか》、ぼくはそこに座《すわ》る。

机《つくえ》の上《うえ》には、給食《きゅうしょく》で使《つか》う空《から》っぽのお盆《ぼん》に、ハシだけがのせられていた。

「さあさあ、田中《たなか》くん！」

増田先輩《ますだせんぱい》は、マントをひるがえしながら、田中《たなか》くんに命《めい》じたんだ。

「第《だい》1のミッション。【ミノルに、トマトを、克服《こくふく》させせよ！】」

田中《たなか》くんが電子《でんし》レンジからだしたものは、昨日《きのう》と同《おな》じ、ドライトマトだ。

「昨日《きのう》のとおりに、昨日《きのう》のとおりに……」

ぼくは自分《じぶん》に魔法《まほう》をかけるような気分《きぶん》で、何度《なんど》もそんなことをつぶやいていた。

「いまから、ぼくは、ドライトマトで、ミノルのトマトぎらいを克服《こくふく》させます」

田中《たなか》くんは、増田先輩《ますだせんぱい》にそう宣言《せんげん》した。

それから、ドライトマトを、ぼくの机《つくえ》の上《うえ》に置《お》く。

まだ少《すこ》し湯気《ゆげ》がでているトマトからは、強《つよ》い香《かお》りも一緒《いっしょ》にでていた。

給食《きゅうしょく》のひとり分《ぶん》のカットトマトの形《かたち》を、「くし形切《がたぎ》り」っていうらしいんだ。リンゴとか、オレンジとかも、くし形切《がたぎ》りにされることが多《おお》いんだって。

田中《たなか》くんが今日《きょう》つくったドライトマトは、そのくし形切《がたぎ》りのトマトを、さらにうすくスライスして、塩《しお》を振《ふ》り、何度《なんど》もレンジにかけたものだった。

「へぇ、田中《たなか》くんは、ドライトマトをつくったんだねぇ」

なぜだかわらっている増田先輩《ますだせんぱい》。

増田先輩《ますだせんぱい》は、今日《きょう》の日直《にっちょく》に「いただきます」の号令《ごうれい》をかけるよう指示《しじ》をした。


「いた〜だき〜ます！」

「「いた〜だき〜ます！」」

しかし、みんな、自分《じぶん》の食事《しょくじ》になかなか手《て》をつけない。

だって、みんなの目《め》は、ぼくのひと口目《くちめ》のトマトに、釘《くぎ》づけになっていたんだから。

いっぽうのぼくの目《め》は、お皿《さら》の上《うえ》に何枚《なんまい》ものっている、うす切《ぎ》りのドライトマトに釘《くぎ》づけだった。


「……いただきますっ」

もう一度《いちど》、ぼくは気合《きあ》いをいれて声《こえ》をだした。

あったかいドライトマトの1枚《まい》を、ハシでつまむ。

口《くち》に、いれて、かんだ。

……あれ？

おかしいぞ？

このドライトマト。

昨日《きのう》ほど、食《た》べやすくない。

昨日《きのう》と、なにかが、ちがうんだ。

なんで？　なんでだ？

なかなか、飲《の》みこめない。

飲《の》みこみづらくて、ぼくはいつまでも、トマトをかみつづけてしまう。

ノドがふさがれちゃったみたいだ。かめばかむほど、飲《の》みこむ自信《じしん》が、どんどんなくなってきちゃったよ！

でも、田中《たなか》くんが、心配《しんぱい》そうに、ぼくを見《み》ていたんだ。

気《き》づいたぼくは、田中《たなか》くんにうなずいてから、目《め》をつぶった。

気合《きあ》いをいれて、必死《ひっし》になって、ドライトマトを飲《の》みこんだんだ。

「おおおっ、ミノルがトマトを食《く》ったぞ！」

ちょっと、苦戦《くせん》したけどね。

クラスのみんなの拍手《はくしゅ》が、教室《きょうしつ》をいっぱいにした。

「ミノル、やったじゃん！」

「田中《たなか》、おめでとう！」

教室《きょうしつ》は一気《いっき》にお祝《いわ》いムードだ。

田中《たなか》くんは、ぼくに近《ちか》づき、パチンと右手《みぎて》でハイタッチ。

「トマトが食《く》えてよかったな、ミノル」

「うん！　田中《たなか》くんも、これで給食《きゅうしょく》マスターに推薦《すいせん》してもらえるね！」

田中《たなか》くんは、うれしそうに、増田先輩《ますだせんぱい》に歩《あゆ》み寄《よ》った。

「増田先輩《ますだせんぱい》。これで、オレのことを、給食《きゅうしょく》マスターに推薦《すいせん》してもらえるんですよね？」

これだけクラスのみんなが祝福《しゅくふく》してくれているんだ。

投票《とうひょう》をしたって、みんなから○の票《ひょう》が集《あつ》まることは確実《かくじつ》だろう。

しかし。

ここで増田先輩《ますだせんぱい》は、はき捨《す》てるように、こういったんだ。

「キミには、ガッカリだよ。田中《たなか》くん」


「え？」

一瞬《いっしゅん》、聞《き》きまちがいかなって思《おも》うくらい、きついきついいい方《かた》だった。

増田先輩《ますだせんぱい》は、にらむような鋭《するど》い目《め》で、田中《たなか》くんをじっと見《み》つめていた。

「田中《たなか》くん。キミは、食《た》べるひとのことを、まったく考《かんが》えていない」

「食《た》べるひとのこと？」

田中《たなか》くんは、疑問顔《ぎもんがお》で、ぼくを見《み》た。

食《た》べるひとってのは、そりゃ、ぼくのことだ。

増田先輩《ますだせんぱい》はつづける。

「ミノルくんが、今日《きょう》、どんな生活《せいかつ》をして、いまここにいるのか、一緒《いっしょ》にいたキミには、わかっているはずなのにね」

今日《きょう》、どんな生活《せいかつ》をして、いまここにいるのか？

どういうことだろう？

田中《たなか》くんにつられて、ぼくも首《くび》をかしげていた。

だって、ドライトマトは食《た》べられたんだよ！

……たしかに、ちょっと、しんどかったけど。

なんで飲《の》みこむのに苦戦《くせん》したのか、食《た》べたぼく自身《じしん》ですら、わからないけど。

「いまから、このミッションに対《たい》する模範解答《もはんかいとう》を、お見《み》せしよう」

そういいながら、増田先輩《ますだせんぱい》は、家庭科室《かていかしつ》の冷蔵庫《れいぞうこ》へむかって歩《ある》いていったんだ。

模範解答《もはんかいとう》を見《み》せるって、いったい、なにをするつもりなんだろう？

＊

冷蔵庫《れいぞうこ》へ歩《あゆ》み寄《よ》った増田先輩《ますだせんぱい》は、急《きゅう》にふりかえって、ぼくに声《こえ》をかけた。

「ところで、ミノルくん。今日《きょう》は、とても、暑《あつ》いよねぇ」

え？

いま、天気《てんき》の話《はなし》？

「あ、はい。暑《あつ》いです」

給食《きゅうしょく》に関係《かんけい》のない天気《てんき》の話《はなし》をされて、ぼくはキョトンとしてしまった。

「しかも4時間目《じかんめ》は、プールの授業《じゅぎょう》だったんだろう？」

「はい」

「暑《あつ》い中《なか》で、運動《うんどう》をしてきて、とうぜんノドもかわいている。そうだよね、ミノルくん？」

「はい」

かくにんしてから、増田先輩《ますだせんぱい》は、トマトをとりだそうと、冷蔵庫《れいぞうこ》の扉《とびら》を開《あ》けた。

いいや。

正《ただ》しくは、冷凍庫《れいとうこ》、の扉《とびら》だったんだ。

増田先輩《ますだせんぱい》は、凍《こお》らせておいた丸《まる》のままのトマトを、とりだした。

「給食用《きゅうしょくよう》のトマトを、ただ冷凍《れいとう》しただけのものだよ。特別《とくべつ》に、丸《まる》ごと1個《こ》を、用意《ようい》させてもらった」

増田先輩《ますだせんぱい》は、左手《ひだりて》にトマトを持《も》ったまま、空《から》っぽのお皿《さら》を1枚《まい》、右手《みぎて》でテーブルの上《うえ》に置《お》いた。それから、自分《じぶん》の腰《こし》にさげられていたお玉《たま》を、右手《みぎて》に持《も》った。

左手《ひだりて》には、凍《こお》ったトマト。
右手《みぎて》には、お玉《たま》。
いまからなにが始《はじ》まるんだろう？
ふしぎがるみんなの前《まえ》で、しずかに、こう、増《ます》田《だ》先《せん》輩《ぱい》はつぶやいたんだ。

「増田超絶調理術《マスターミラクルクック》、
……氷河《ダイヤモンド》★崩壊《クラッシュ》」

コン・コン・コン。
増《ます》田《だ》先《せん》輩《ぱい》は、左手《ひだりて》の凍《こお》った丸《まる》ごとのトマトを、お玉《たま》の背《せ》で、３回《かい》たたいた。

それだけだった。

そのままにしずかに、トマトを、お皿《さら》に置《お》くと――。

ずさささささっ。

「「「えーっ！」」」

クラス全員《ぜんいん》が、おどろきの声《こえ》をあげる。

そりゃそうだ。

冷凍《れいとう》トマトは、お皿《さら》の上《うえ》に置《お》かれた瞬間《しゅんかん》、カキ氷《ごおり》みたいになって、くずれちゃったんだから。

「なんなんだ、この技《わざ》は？」

田中《たなか》くんも、目《め》を大《おお》きくひらいておどろいている。

こんなこと、ふつうのひとには、ぜったいにできないよ。

増田先輩《ますだせんぱい》は、トマトのヘタを、やさしくつまんで、とり除《のぞ》いた。

「ごらん。トマトのシャーベットのできあがりさ」

凍《こお》ったトマトを、信《しん》じられない方法《ほうほう》で、シャーベットにしてしまったんだ。

「ま、包丁《ほうちょう》やおろし金《がね》でこまかくしたっていいんだけど、みんなをおどろかせたくてさ。地味《じみ》なくせに、なかなか、おもしろい技《わざ》だっただろう?」

増田先輩《ますだせんぱい》には、調理《ちょうり》を見《み》ているひとを楽《たの》しませるほどの、余裕《よゆう》があったんだ。

「さあ、ミノルくん。いただきマスダっ。ふははははは!」

増田先輩《ますだせんぱい》の声《こえ》を聞《き》き、黒《くろ》いスーツのひとが、ぼくにスプーンをわたしてくれた。

「いただきます……」

おそるおそる、ぼくは、トマトのシャーベットを口《くち》にした。


「……おいしい」


びっくりした。

おいしいんだよ。

凍《こお》っているから、トマトのグチュグチュした感《かん》じは、まったくない。

しかも、今日《きょう》みたいな暑《あつ》い夏《なつ》の日《ひ》には、凍《こお》って冷《つめ》たいトマトのシャーベットは、ものすごく食《た》べやすいんだ。

「おいしい！　これ、おいしいよ！」

スプーンで、あっという間《ま》に食《た》べきってしまう。

丸《まる》ごと1個《こ》分《ぶん》のトマトを、1分《ぷん》もかからずに食《た》べちゃったよ。

「おかわりっ！」

さすがに、おかわり分《ぶん》はなくて、ちょっと残念《ざんねん》だった。

トマトをもっと食《た》べたいと思《おも》ったのは、生《う》まれて初《はじ》めてだよ。

「見《み》たかい、田中《たなか》くん」

ぼくが食《た》べ終《お》えたところで、増田先輩《ますだせんぱい》はこう告《つ》げた。

「たしかに、ドライトマトにすれば、グチュグチュした部分《ぶぶん》はなくなる。グチュグチュのきらいなミノルくんも、食《た》べられるだろう。しかし……」

増田先輩《ますだせんぱい》は、窓《まど》の外《そと》を指《ゆび》さした。

「今日《きょう》のこの暑《あつ》さや、ミノルくんの体《からだ》の状態《じょうたい》を、田中《たなか》くん、キミは考《かんが》えていなかった」

窓《まど》の外《そと》では、7月《がつ》のお昼《ひる》のギラギラした太陽《たいよう》が、外《そと》の世界《せかい》を焼《や》いている。

「こんな暑《あつ》い日《ひ》に、しかも水泳《すいえい》というはげしい運動《うんどう》のあとで、トマトぎらいのミノルくんにアツアツのドライトマトを食《た》べさせるなんて……」

増田先輩《ますだせんぱい》は、刺《さ》すような厳《きび》しい視線《しせん》で、田中《たなか》くんを見《み》つめたんだ。

「きらいなものを食《た》べようとがんばるミノルくんに対《たい》して、思《おも》いやりがないじゃないか！」

田中《たなか》くんは、黙《だま》ったままだ。

でも、しゃべらなくたって、田中《たなか》くんがショックを受《う》けたことが、ここにいるみんなに伝《つた》わった。

田中《たなか》くんは、ショックのあまり、ヒザから地面《じめん》にくずれおちてしまったんだ。

両手《りょうて》をつくと、右《みぎ》のにぎりこぶしで、家庭科室《かていかしつ》の床《ゆか》を、強《つよ》くなぐった。

「……ミノル、ごめん」

「えっ、田中《たなか》くん。あやまらないでよ！」

田中《たなか》くんがぼくのためにいっしょうけんめい動《うご》いてくれたことは、ぼくが一番《いちばん》、知《し》ってるんだから。

「知《し》らなかったんだ。まさか、水分《すいぶん》を蒸発《じょうはつ》させずに、トマトのグチュグチュが気《き》にならなくなる方法《ほうほう》があるなんて」

田中《たなか》くんは、本当《ほんとう》に自分《じぶん》を責《せ》めていた。

そこへ、さらに、増田先輩《ますだせんぱい》の厳《きび》しいコメントがあびせられる。

「キミは、こたえをひとつ見《み》つけただけで、満足《まんぞく》してしまった。ミノルくんがどういう状態《じょうたい》で、どういう気持《きも》ちでトマトを食《た》べることになるのか、まるきり考《かんが》えていなかったんだ」

「でも、増田先輩《ますだせんぱい》！」

ここで、ぼくは、田中《たなか》くんを立《た》ちあがらせながら、間《あいだ》に割《わ》ってはいった。

もともと、ぼくはおとなしい性格《せいかく》だ。

ひと前《まえ》で大声《おおごえ》をだすタイプじゃないよ。

それでも、ぜったいに、みんなに伝《つた》えておきたいことがあったんだ。

「ぼくは、田中《たなか》くんのドライトマトだって、食《た》べることができました！」

いまから、クラスの投票《とうひょう》がある。

ミッションをクリアできたかどうかが、その投票《とうひょう》で、判断《はんだん》されてしまうんだ。

田中《たなか》くんの不利《ふり》になってはいけないと思《おも》い、ぼくは勇気《ゆうき》をだして、声《こえ》をあげたんだ。

でも、ね。

「いいんだ、ミノル」

増田先輩《ますだせんぱい》の返事《へんじ》よりもはやく、なんと、田中《たなか》くんが口《くち》をひらいたんだ。

「よくないよ、田中《たなか》くん！　ぼくはまちがっていないよ！　田中《たなか》くんのつくったドライトマトだって、ぼくは、食《た》べることができたんだよ！」

「……見《み》てみろよ」

そういって田中《たなか》くんは、ぼくの机《つくえ》の上《うえ》を、残念《ざんねん》そうに、指《ゆび》さした。

「オレのつくったドライトマトは、お皿《さら》の上《うえ》に、まだたくさんのこっているだろ？」

「あ、たしかに……」

ぼくは、うす切《ぎ》りのドライトマトを、1枚《まい》食《た》べるのがやっとだった。

トマト8分《ぶん》の1のくし形切《がたぎ》りを、何枚《なんまい》にもうすくスライスして田中《たなか》くんがつくってくれたドライトマトは、まだ、お皿《さら》の上《うえ》にのこっていたんだ。

「一方《いっぽう》、増田先輩《ますだせんぱい》のシャーベットは、特別《とくべつ》にトマト丸《まる》ごと1個《こ》を用意《ようい》したのに、お前《まえ》はすべて、食《た》べられた」

シャーベットのお皿《さら》は、空《から》っぽだ。

たしかに、ついつい「おかわり！」って叫《さけ》んじゃうくらい、おいしかったんだ。

「しかも、増田先輩《ますだせんぱい》は、調味料《ちょうみりょう》すら使《つか》っていない。もともと、給食《きゅうしょく》でできたものなんだから、よけいな調理《ちょうり》や調味料《ちょうみりょう》なんか、足《た》さないほうがいいに決《き》まってる」

田中《たなか》くんは、くやしそうにつづけたんだ。

「これじゃあオレは、『ミッションをクリアできた』なんて、胸《むね》を張《は》っていえないよ」

田中《たなか》くんが自分《じぶん》からそんなことをいうもんだから、クラスのみんなも「そういわれればそうかもね」と、田中《たなか》くんの考《かんが》えを飲《の》みこみ始《はじ》めた。

「あーあ、田中《たなか》くん。じつに、残念《ざんねん》だよ」

おちこむ田中《たなか》くんにむけて、増田先輩《ますだせんぱい》は、追《お》いうちをかける。

「ひょっとしてキミは、この程度《ていど》の力《ちから》しか、持《も》っていなかったのかい？」

増田先輩《ますだせんぱい》は、ひとつ大《おお》きくため息《いき》をついた。

「ガッカリだ」

田中《たなか》くんは、なにもいいかえせない。

こぶしをギュッとにぎり、くやしそうな顔《かお》で、うつむくことしかできなかったんだ。

＊

田中《たなか》くんが第《だい》1のミッションをクリアできたかどうか。

田中《たなか》くん以外《いがい》の5年《ねん》1組《くみ》30人《にん》による、投票《とうひょう》が行《おこな》われた。

開票《かいひょう》は、多田見先生《ただみせんせい》におねがいした。

「えー、みなさん。それでは、結果《けっか》を、発表《はっぴょう》します」

×が、29票《ひょう》。
○が、1票《ぴょう》。
なんと、ぼく以外《いがい》の全員《ぜんいん》が、×を投票《とうひょう》したんだ。

ボロボロだ。

でも、これは、田中《たなか》くんへのイジワルなんかじゃあない。ミナミちゃんも、ユウナちゃんも、ノリオだって、ものすごく考《かんが》えて、×を投票《とうひょう》していたんだから。

増田先輩《ますだせんぱい》の、あんな魔法《まほう》のような技《わざ》を見《み》せられたら、残念《ざんねん》だけど、しかたがないよ。

厳《きび》しいけれど――。

これは、クラスのみんなが、本当《ほんとう》に真剣《しんけん》に、公平《こうへい》に判断《はんだん》した結果《けっか》なんだ。

結果《けっか》の発表《はっぴょう》を終《お》え、増田先輩《ますだせんぱい》は、みんなの前《まえ》でいいきった。

「第《だい》1のミッションは、失敗《しっぱい》だ！」

ぼくは、田中《たなか》くんの顔《かお》を見《み》られなかった。

きっと、悲《かな》しい顔《かお》をしているに決《き》まっているから。

「第《だい》2のミッションは、明日《あした》、5年《ねん》1組《くみ》の教室《きょうしつ》で発表《はっぴょう》する」

マントをひるがえしながら、家庭科室《かていかしつ》を去《さ》ろうとする増田先輩《ますだせんぱい》。

「その場《ば》でチャレンジしてもらい、クリアできたかどうか、投票《とうひょう》してもらおう！」

増田先輩《ますだせんぱい》の圧倒的《あっとうてき》な力《ちから》の前《まえ》で、田中《たなか》くんは、第《だい》1のミッションをクリアすることはできなかったんだ。

「ミノル。いやなものを食《た》べさせて、ごめんな」

ミッション失敗《しっぱい》にショックを受《う》けているはずの田中《たなか》くんが、ぼくにあやまってきた。

「やめてよ、田中《たなか》くん」

ぼくだって、責任《せきにん》を感《かん》じているんだから。

「明日《あした》、がんばろうよ。明日《あした》、第《だい》2のミッションをクリアすればいいじゃないか」

はげますぼくに、田中《たなか》くんは、ちょっと意外《いがい》なことをいった。

「母《かあ》さんの秘伝《ひでん》のノートを持《も》っていたのに、オレは、増田先輩《ますだせんぱい》には、かなわなかった。負《ま》けちまったんだ……」

かなしそうに、つづける。

「自分《じぶん》が負《ま》けるのは、母《かあ》さんのノートが負《ま》けたみたいで、くやしいんだ」

3杯目《ばいめ》

給食《きゅうしょく》はみんな平等《びょうどう》に!?

第《だい》1のミッションが、失敗《しっぱい》に終《お》わったあとの、昼休《ひるやす》み。

田中《たなか》くんは、ぼーっとしていた。

いつものサッカーをやらずに、だらーっと、机《つくえ》にふせていた。

ぼくも、サッカーはやめておいた。

がっくりおちこんだ田中《たなか》くんのことが、心配《しんぱい》だったからね。

「田中《たなか》くん。増田先輩《ますだせんぱい》のミッションは、まだあと2回《かい》あるんだ。だいじょうぶだよ」

ぼくにつづいて、ユウナちゃんも田中《たなか》くんをはげます。

「ミノルくんのいうとおりだよ。あとふたつのミッションのうち、どっちかが合格《ごうかく》ならいいんでしょ？　『チャンスはまだ、2回《かい》もあるんだ』って考《かんが》えようよ！　元気《げんき》だして」

田中《たなか》くんは、ふせておちこんだままだった。

目線《めせん》だけ、チラとぼくたちへむける。

「……おう。ありがとう」

そうぼそっとつぶやいてから、むくりと頭《あたま》を持《も》ちあげた。

「オレ、全力《ぜんりょく》じゃなかったのかもなぁ」

「どういうこと？」

田中《たなか》くんは、ため息《いき》をつく。

「増田先輩《ますだせんぱい》のミッションに対《たい》して、自分《じぶん》の全力《ぜんりょく》をだしきるってことが、オレはできていなかったのかもしれない」

まあ、たしかに、お母《かあ》さんのノートに頼《たよ》りすぎたっていうのはあるのかなぁ？

さっき、増田先輩《ますだせんぱい》から「ミッションは失敗《しっぱい》だ」といわれたあとの、給食中《きゅうしょくちゅう》。

なみだ目《め》の田中《たなか》くんは、クラスで余《あま》った牛乳《ぎゅうにゅう》を、連続《れんぞく》で5本《ほん》も飲《の》んでいた。泣《な》きながらヤケ酒《ざけ》を飲《の》む、酔《よ》っ払《ぱら》いのオジサンみたいに。

——**ちくしょう！　ちくしょう！　これが飲《の》まずにいられるか！**

なぜだかノリオも、一緒《いっしょ》になって肩《かた》を組《く》み、「まぁ飲《の》め、田中《たなか》」と大泣《おおな》きしていたんだけれど。

「オレ、次《つぎ》は、なにがなんでも、全力《ぜんりょく》をだしきるよ」

田中《たなか》くんはそうつぶやいてから、「ちょっとトイレ」と、席《せき》を立《た》った。さっき連続《れんぞく》で5本《ほん》も牛乳《ぎゅうにゅう》を飲《の》んだんだから、そりゃトイレも近《ちか》くなるよね。

「元気《げんき》をだしてくれると、いいんだけどなぁ」

「ホント、そうだよねぇ」

こんな暗《くら》い顔《かお》の田中《たなか》くんを、ぼ

くも、ユウナちゃんも、初《はじ》めて見《み》たよ。

田中《たなか》くんが、トイレにむかった。

すると、いれ替《か》わるようにして、ミナミちゃんがやってきた。

ぼくたちに、ひそひそと、こう尋《たず》ねる。

「田中《たなか》、なんていうとった？」

田中《たなか》くんをライバル視《し》しているとはいうものの、やっぱりミナミちゃんも、田中《たなか》くんのことを心配《しんぱい》しているみたいだった。

そんなミナミちゃんの気《き》づかいに、ぼくは、うれしくなったんだ。

「そうだよね！　ミナミちゃんも、田中《たなか》くんのことが心配《しんぱい》だよね」

「ん、ミノル？　なにいうて……」

「そうだ！　ミナミちゃんも、あとで田中《たなか》くんのことを、はげましてあげてよ！」

「な、な、なにアホなこというてんの？」

ミナミちゃんは、あわてる。

「し、し、し、心配《しんぱい》とか、べつに、してへんし！」

素直《すなお》じゃないなぁ。

「し、し、し、心配《しんぱい》なわけあらへん！　給食《きゅうしょく》マスターを目指《めざ》すライバルがひとり減《へ》ると思《おも》たら、逆《ぎゃく》に、うれしいくらいやわ！」

本当《ほんとう》は心配《しんぱい》しているくせに、ミナミちゃんは強《つよ》がっていた。

でも、ここで。

なぜだか、ミナミちゃんは。

悲《かな》しいような、くやしいような、そんな顔《かお》を見《み》せたんだ。

「……ま、テストを受《う》けるチャンスをもらえたんやから、田中《たなか》にはがんばってほしいと、ホンマに思《おも》うんやけどな」

ああ、そうか。

ミナミちゃんは、『給食《きゅうしょく》マスター・トライアル』を、受《う》けることすら、できなかったんじゃないか。

ミナミちゃんはミナミちゃんで、きっと、苦《くる》しい気持《きも》ちなんだろうなぁ。

田中《たなか》くんが戻《もど》ってくるのが見《み》えると。

「ミノル、ユウナ。いまのは、ナイショやで」

くちびるに指《ゆび》をあててから、今度《こんど》はミナミちゃんが、この場《ば》をはなれてしまった。

＊

翌日《よくじつ》の、水曜日《すいようび》。

とうとう、そのときがやってきた。

4時間目《じかんめ》が終《お》わるチャイムと、同時《どうじ》に。

教室《きょうしつ》の前扉《まえとびら》が、ガラガラッとひらいた。

「5年《ねん》1組《くみ》のみんな、ごきげんよう！」

増田先輩《ますだせんぱい》は、ゆうゆうと教室《きょうしつ》へはいると、1輪《りん》のバラの花《はな》を投《な》げた。

「「キャー！」」

はしゃぐ女子《じょし》たちにむけ、両方《りょうほう》の手《て》のひらで、おちつくようにとうながした。

マントをひるがえしながら、壁《かべ》に貼《は》られた献立表《こんだてひょう》を指《ゆび》さす。

「今日《きょう》の給食《きゅうしょく》は、ごはん、アジフライ、キャベツのごまあえ、豆腐《とうふ》のみそ汁《しる》、牛乳《ぎゅうにゅう》さ。

うーん、どれもおいしそうだね！　ふははははは！」

自由《じゆう》に、堂々《どうどう》とふるまう増田先輩《ますだせんぱい》に比《くら》べ……。

ぼくのとなりの田中《たなか》くんは、ガッチガチに緊張《きんちょう》しているように見《み》えた。

「さあ、田中《たなか》くん。さっそく、第《だい》2のミッションを、発表《はっぴょう》しよう！」

ぼくは心配《しんぱい》だった。

だって、増田先輩《ますだせんぱい》は、昨日《きのう》の帰《かえ》りぎわに、いっていたじゃないか。

第《だい》2のミッションは「その場《ば》でチャレンジしてもらい、クリアできたかどうか、投票《とうひょう》してもらおう！」ってね。

いま、この場《ば》ですぐって、むずかしすぎだよ。

増田先輩《ますだせんぱい》は、声高《こえたか》らかに、第《だい》2のミッションを告《つ》げたんだ。


第《だい》2のミッション【ひとりで、今日《きょう》の給食《きゅうしょく》を、クラス全員分《ぜんいんぶん》もりつけよ！】

「へ？」

緊張《きんちょう》していたはずの田中《たなか》くんの表情《ひょうじょう》が、一気《いっき》にゆるんだ。

「そんな、簡単《かんたん》なことを？」

といった直後《ちょくご》に、田中《たなか》くんは、あわてて首《くび》を横《よこ》にふる。

「危《あぶ》ねぇ！　油断《ゆだん》なんかしないぞ。オレは、全力《ぜんりょく》をだしきるって、決《き》めたんだ！」

全力《ぜんりょく》を、だしきる。

田中《たなか》くんは、昨日自分《きのうじぶん》がしていた反省《はんせい》を、きちんと胸《むね》に刻《きざ》んでいた。

「それでは、田中《たなか》くん。第《だい》2のミッションの、始《はじ》まりだ！　ふははははははは！」

白衣《はくい》に着《き》がえた田中《たなか》くんは、給食調理室《きゅうしょくちょうりしつ》にむかうと、たったひとりで、配膳台《はいぜんだい》をとってきた。黒板《こくばん》の前《まえ》へ、配膳台《はいぜんだい》をセットした。

教室《きょうしつ》では、もう、給食班《きゅうしょくはん》の形《かたち》ができあがっている。

教室《きょうしつ》にはいってきた田中《たなか》くんを見《み》つけて、ぼくは駆《か》け寄《よ》った。

「田中《たなか》くん。がんばってね」

「おう。サンキュー」

こたえながら、田中《たなか》くんは、ちょっとおかしなことを始《はじ》めた。

「え？　なにしてるの？」

ごはんと、豆腐《とうふ》のみそ汁《しる》のはいった、金属《きんぞく》の食缶《しょっかん》。

このふたつの入《い》れ物《もの》を、わざわざ、配膳台《はいぜんだい》からおろしちゃったんだ。牛乳《ぎゅうにゅう》ケースも、台《だい》からおろした。

アジフライと、キャベツのごまあえ。

このふたつの食缶《しょっかん》だけは、配膳台《はいぜんだい》の上《うえ》にのこっていた。

「オレは、全力《ぜんりょく》で、このミッションをクリアするつもりだ」

だったら、食缶《しょっかん》は、ぜんぶ台《だい》の上《うえ》にのせておかないと、配《くば》れないけど？

「ミノルは、もう、自分《じぶん》の席《せき》に戻《もど》っておけ」

「うん。田中《たなか》くん、がんばってね」

ぼくは自分《じぶん》の給食班《きゅうしょくはん》に戻《もど》って、席《せき》に着《つ》いた。

この間《かん》ずっと、クラスのみんなは、いったいどんな配膳《はいぜん》をするのか、じっとしずかに、田中《たなか》くんに注目《ちゅうもく》していたんだ。

しずかな教室《きょうしつ》は、緊張感《きんちょうかん》でいっぱい。

「さてさて。田中《たなか》くんの、お手並《てな》み拝見《はいけん》といこうかな」

なんと、ぼくの給食班《きゅうしょくはん》には、増田先輩《ますだせんぱい》がやってきていた。となりのクラスで欠席《けっせき》した人《ひと》の机《つくえ》を借《か》りてきて、今日《きょう》だけ、6人班《にんはん》だ。

「夢《ゆめ》みたい……っ」

ユウナちゃんは、増田先輩《ますだせんぱい》が同《おな》じ給食班《きゅうしょくはん》にいることに、すっかり舞《ま》いあがっていた。

「ああっ。あの増田先輩《ますだせんぱい》が、わたしと、おんなじ、給食班《きゅうしょくはん》に……っ」

興奮《こうふん》から、ちょっと、息《いき》が荒《あら》い。

さすがにこわいよ、ユウナちゃん。

「田中《たなか》くん」

多田見先生《ただみせんせい》が声《こえ》をかける。

「ひとりで配《くば》ることがミッションの内容《ないよう》ですので、残念《ざんねん》ながら今日《きょう》、わたしたちは手伝《てつだ》えません。時間《じかん》もかかるでしょうし、そろそろ配《くば》り始《はじ》めてもらってもよろしいでしょうか？」

「はい、先生《せんせい》」

田中《たなか》くんは、まずはクラスのみんなにお盆《ぼん》を配《くば》った。

それから、おかず用《よう》のお皿《さら》を1枚《まい》、おわんをふたつ。

クラスひとりひとりのお盆《ぼん》の上《うえ》には、空《から》っぽの食器《しょっき》だけが3つ、並《なら》んだ。

牛乳《ぎゅうにゅう》とハシとスプーンを配《くば》り終《お》えると、田中《たなか》くんは、大《おお》きく息《いき》を吸《す》ったんだ。

「おまえらぁ、ちゅうもーく！」

そういって、ふりあげられた、田中《たなか》くんの右手《みぎて》には——。

アジフライを配《くば》るためのトングと、キャベツのごまあえを配《くば》るためのお玉《たま》。

2本《ほん》が一緒《いっしょ》に、握《にぎ》られていた。

「みんな！　危《あぶ》ないから、席《せき》に着《つ》いたまま、ぜったいに、立《た》ち歩《ある》かないでくれよ！」

え？　危《あぶ》ない？

給食《きゅうしょく》を配《くば》るのが、危《あぶ》ないの？

「牛乳《ぎゅうにゅう》カンパイ係《がかり》、田中《たなか》十六《じゅうろく》奥義《おうぎ》のひとつ！」

なにがこれから始《はじ》まるのか、ぼくには、まったく予想《よそう》がつかなかった。

ふたつの食缶《しょっかん》がのせられた配膳台《はいぜんだい》のバーを、田中《たなか》くんは、空《あ》いた左手《ひだりて》でにぎりしめたんだ。

「地《ち》球《きゅう》一周《いっしゅう》、給食《きゅうしょく》の旅《たび》！疾風《しっぷう》の陸《りく》・海《かい》・空《くう》☆」

「うーん。『りく、かい、くう』って、なんのことだろう？」

理解《りかい》できないぼくに、増田《ますだ》先輩《せんぱい》が、解説《かいせつ》をしてくれた。

「『陸《りく》・海《かい》・空《くう》』とは、『大地《だいち》・海洋《かいよう》・天空《てんくう》』のこと。つまりは、地球上《ちきゅうじょう》の『すべて』をあらわす言葉《ことば》なんだ」

すべて？

なんだかスケールが大《おお》きいよ。

陸海空

「どうやら田中《たなか》くんは、すべての力《ちから》を使《つか》って、このミッションにチャレンジするつもりのようだ」

配膳台《はいぜんだい》を押《お》す田中《たなか》くんは、各給食班《かくきゅうしょくはん》の間《あいだ》を、ダッシュで移動《いどう》し始《はじ》めた。

「まずは、陸《りく》！」

田中《たなか》くんは、最初《さいしょ》の班《はん》の横《よこ》で、配膳台《はいぜんだい》を急停車《きゅうていしゃ》させた。

「陸《りく》は、しっかりとオレたちをささえる、この世《よ》の中心《ちゅうしん》だっ」

配膳台《はいぜんだい》のバーから手《て》をはなした田中《たなか》くんは、空《あ》いた左手《ひだりて》に、アジフライ用《よう》のトングを持《も》つ。

右手《みぎて》にお玉《たま》、左手《ひだりて》にトング。

みんなの机《つくえ》の中心《ちゅうしん》には、おかずがスタンバイされている。

アジフライと、キャベツのごまあえを、二刀流《にとうりゅう》で配《くば》るつもりなんだ。

「オレたちの、今日《きょう》の給食《きゅうしょく》のメインはっ、これだ！」

ざざざざざ！

アジフライと、キャベツのごまあえが、目《め》にもとまらぬはやワザで、班《はん》のメンバー5人《にん》分《ぶん》のお皿《さら》の上《うえ》に配《くば》られた。

「どっしりと給食《きゅうしょく》の真《ま》ん中《なか》に置《お》かれたおかずは、オレたちの体《からだ》をしっかりとささえ、大《だい》地《ち》のような安《やす》らぎをオレたちにくれる！」

配膳台《はいぜんだい》ごと、ものすごいスピードで、次《つぎ》の班《はん》へ移《い》動《どう》する田中《たなか》くん。

なるほど。

たしかにこれは、勝手《かって》に立《た》ち歩《ある》いたら、配膳台《はいぜんだい》にぶつかって危《あぶ》ないぞ。

田中《たなか》くんに押《お》された配膳台《はいぜんだい》が、もとの黒板《こくばん》の前《まえ》へと戻《もど》った。

「お次《つぎ》は、海《うみ》だぜ！」

今度《こんど》は、豆腐《とうふ》のみそ汁《しる》がはいった食缶《しょっかん》の、とっ手《て》を、田中《たなか》くんは左手《ひだりて》でつかんだ。

右手《みぎて》は、みそ汁用《しるよう》のお玉《たま》にチェンジ。

「海《うみ》は、母《はは》なる恵《めぐ》みを等《ひと》しくあたえる、オレたちの命《いのち》の始《はじ》まりだっ」

今度《こんど》は駆《か》け足《あし》で、はや送《おく》りの映像《えいぞう》みたいに、すばやく配《くば》り始《はじ》めたんだ。

「なーんだ。ただ、すばやく配《くば》っているだけじゃないか」

と、誰《だれ》かのガッカリする声《こえ》が聞《き》こえたけど、それは、まちがいだったんだ。

最初《さいしょ》に気《き》づいたのは、ノリオだった。

「どのおわんも、おんなじだぁ！」

いつだって、量《りょう》の一番《いちばん》多《おお》いお皿《さら》やおわんをねらうノリオだからこそ、ここに気《き》づいたのかもしれない。

「重《おも》さも、汁《しる》の量《りょう》も、よく見《み》りゃ豆腐《とうふ》の数《かず》までも、おんなじように配《くば》られているじゃねーか！」

田中《たなか》くんは、ノリオがくやしくなるくらいに、みそ汁《しる》を均等《きんとう》に配《くば》ったんだ。

「チクショウ！　オレサマは、一番《いちばん》中身《なかみ》の多《おお》い皿《さら》やおわんを選《えら》ぶのが、本当《ほんとう》に楽《たの》しみだったのに！」

さすがは田中《たなか》くんだ！　ふつうのひとには、こんな配《くば》り方《かた》、まねできないよ。

「たっぷりとそそがれたみそ汁《しる》は、この給食《せかい》に水分《すいぶん》という恵《めぐ》みをあたえ、母《はは》なる海《うみ》のよう

なやさしさをオレしたちにくれる！」

田中《たなか》くんは、再《ふたた》び、もとの黒板《こくばん》の前《まえ》へ戻《もど》った。


「さいごは、空《そら》！　大技《おおわざ》だぁ！」

この大技《おおわざ》が、とんでもなかった。

「空《そら》から、真《ま》っ白《しろ》い天使《てんし》が、舞《ま》い降《お》りるぞおおおおおおぉっ！」


もう、まったく意味《いみ》がわからない。

そもそも、天使《てんし》って、いるの？　見《み》えるの？

ここは、教室《きょうしつ》の中《なか》なんだよ？

ところが。

「「「うおーっ！」」」

「「「きゃーっ！」」」

クラスのみんなが、悲鳴《ひめい》に近《ちか》い声《こえ》をあげた。

ぼくは、目《め》を、疑《うたが》ったよ。

たしかに、白《しろ》い物体《ぶったい》が、教室《きょうしつ》の空《そら》を飛《と》んでいるんだから。

「え？　もしかして……あああっ！」

これは、天使《てんし》なんかじゃない。

「これは、ごはんだっ！」

見《み》れば田中《たなか》くん、いつの間《ま》にやら、両手《りょうて》に、しゃもじをにぎっていた。

左手《ひだりて》のしゃもじでごはんをつぶさないようにふわっと玉《たま》にしてから、それを卓球《たっきゅう》のサーブみたいに、右手《みぎて》のしゃもじで打《う》っているんだ。

「なにしてんのーっ！」

ふわっと、まるめて、打《う》つ。

ふわっと、まるめて、打《う》つ。

ごはんの玉《たま》が、空《そら》を飛《と》ぶ。

「田中《たなか》くん！　食《た》べ物《もの》であそんだら、いけないよ！」

ぼくは思《おも》わず叫《さけ》んで、その場《ば》で立《た》ちあがりそうになった。

でも、そのとき。

ぼくのごはん茶《ぢゃ》わんの中《なか》に、ごはんの玉《たま》が、空《そら》から降《ふ》ってきたんだ。

ひゅーん。

すとん！

ほろほろほろほろっ。

「ええええっ？」

ひゅーんと空《そら》から降《ふ》ってきたごはんの玉《たま》は、すとんと茶《ちゃ》わんに落下《らっか》して、ほろほろっと、おいしそうに崩《くず》れた。

「おいしそうに光《ひか》る真《ま》っ白《しろ》なごはんは、この給食《せかい》の始《はじ》まりを祝福《しゅくふく》する、空《そら》から舞《ま》い降《お》りた天使《てんし》のようなほほえみをオレしたちにくれる！」

クラス全員分《ぜんいんぶん》のごはんを、田中《たなか》くんは、しゃもじで打《う》っては空《そら》から降《ふ》らせ、ごはん茶《ぢゃ》わんにいれていたんだ。ごはんは、1粒《つぶ》も、ムダになってはいないみたい。

そして、おどろいたことに。

みそ汁《しる》も、ごはんも、キャベツのごまあえも。

全員分《ぜんいんぶん》それぞれが、キッカリ、おんなじ量《りょう》なんだ。

かんぺきだよ。

「こんなもりつけ、見《み》たことないよ！」

「今日《きょう》の田中《たなか》は、いつも以上《いじょう》に、全力《ぜんりょく》だな！」

宣言《せんげん》どおり、田中《たなか》くんは、持《も》てる力《ちから》のすべてをだしきっていたんだ。

クラスのみんなは、このもりつけパフォーマンスに大興奮《だいこうふん》。

これなら、投票《とうひょう》も、だいじょうぶだよ！

「田中《たなか》くんっ。この調子《ちょうし》なら、第《だい》2のミッションは、クリアできるよ！」

などと応援《おうえん》するぼくの真正面《ましょうめん》で。

「あーあ」

増田先輩《ますだせんぱい》が、つぶやいた。

「田中《たなか》くん、まちがっちゃったなぁ」

「え、どういうことっ？」

田中《たなか》くんのパフォーマンスに、なにか、まちがいがあったの？

「見《み》たまえ、ミノルくん」

増田先輩《ますだせんぱい》は、他《ほか》の給食班《きゅうしょくはん》を指《ゆび》さした。

「どうやら、あの子《こ》だけは、田中《たなか》くんのまちがいに、気《き》がついているようだ」

「あの子《こ》？」

あの子《こ》とは、同《おな》じ給食班《きゅうしょくはん》で増田先輩《ますだせんぱい》にうっとり見《み》とれている、ユウナちゃん。

のことではなくて。

増田先輩《ますだせんぱい》の指《さ》す先《さき》には……。

心配《しんぱい》と怒《いか》りのまじった表情《ひょうじょう》の、ミナミちゃんがいたんだ。


クラスのみんなが、田中《たなか》くんにおどろきと尊敬《そんけい》の表情《ひょうじょう》を見《み》せているのに。

ミナミちゃんの顔《かお》つきだけは、かたく、少《すこ》しこわい。

家《いえ》が定食屋《ていしょくや》さんのミナミちゃんは、なにか、重要《じゅうよう》なことに気《き》がついているみたいだった。

「よっしゃぁ！　みんな、お待《ま》たせっ！」

田中《たなか》くんは、白衣《はくい》を脱《ぬ》いだ。

「オレのもりつけパフォーマンスは、これで終了《しゅうりょう》だぜっ！」

奇跡《きせき》の配膳《はいぜん》を全力《ぜんりょく》でこなし、すがすがしい表情《ひょうじょう》の田中《たなか》くん。

教室《きょうしつ》のみんなは、割《わ》れんばかりの拍手《はくしゅ》を送《おく》った。

しかし――。

ひとりだけ拍手《はくしゅ》をしていないミナミちゃんが、怒《おこ》ったような声《こえ》で、叫《さけ》んだんだ。


「こんなん、アカン！」


もりあがっていた教室《きょうしつ》が、一気《いっき》にしずかになってしまった。

「どうしたの、ミナミ？　なにか、くさいニオイでもかいだの？」

ミナミちゃんと同《おな》じ給食班《きゅうしょくはん》の女《おんな》の子《こ》が、尋《たず》ねた。

ミナミちゃんはくさいニオイをかぐと、性格《せいかく》が変《か》わるくらい、不機嫌《ふきげん》になる。ちょっと

変《か》わったとくちょうの持《も》ち主《ぬし》なんだ。

「いや。今回《こんかい》は、そういうんやないんや」

クラス全員《ぜんいん》に、キッカリ等《ひと》しく配《くば》られた給食《きゅうしょく》。

教室中《きょうしつじゅう》を見《み》わたしてから、ミナミちゃんは、首《くび》を横《よこ》にふった。

「こんなんしたら、アカンやん……」

ええっ？

田中《たなか》くんにしかできない、こんなに楽《たの》しいもりつけのなのにっ？

いったいなにがいけないんだろう？

食《た》べ物《もの》をムダにしているわけではないよ。

こういう変《か》わったもりつけ方《かた》も、たまにはおもしろいと思《おも》うんだけど？

ミナミちゃんの家《いえ》は、食堂《しょくどう》をやっているから、ぼくたちにはわからないなにかに気《き》づいたみたいだ。

田中《たなか》くんのまちがいって、いったいなんだ？

ぼくが、首《くび》をかしげていると……。

「あ。ごま」

声《こえ》のするほうへ、ぼくはふりかえった。

やっとふだんの調子《ちょうし》に戻《もど》ったユウナちゃんが、こまった顔《かお》で、キャベツのごまあえを見《み》おろしていたんだ。

「わたし、軽《かる》い、ごまアレルギーなんだよね。どうしよう？」

さらに、別《べつ》の班《はん》では……。

「おい。今日《きょう》の給食《きゅうしょく》、少《すく》なくねぇか？」

5年《ねん》1組《くみ》で一番《いちばん》大食《おおぐ》いのノリオが、給食《きゅうしょく》の量《りょう》に、不満《ふまん》をもらしている。

田中《たなか》くんのしてしまったまちがいが、その姿《すがた》を、あらわし始《はじ》めていた。

＊

日直《にっちょく》の「いただきます」の直後《ちょくご》。

ユウナちゃんが、ちょっとまずいことをいいだした。

「今日《きょう》はね、ごまにね、チャレンジしてみようと思《おも》うの」

「ダメだよ！」

なんてことをいいだすんだ！

「ごまのアレルギーがあるって、さっき、自分《じぶん》でいっていたじゃないか」

いつもまじめなユウナちゃんは、ときどき、まじめすぎることがある。

たとえば「廊下《ろうか》は走《はし》らない」というルールがあれば、真夜中《まよなか》の学校《がっこう》でオバケに追《お》いかけられたとしても、ルールを守《まも》って走《はし》らずに、はや歩《ある》きで逃《に》げるタイプなんだ。

きっといまも、「食《た》べ物《もの》をのこさない」というルールを守《まも》ろうと、がんばりすぎているんだろう。

「ユウナちゃんは、軽《かる》いとはいえ、ごまアレルギーなんでしょ？」

「うん」

「だったら、アレルギーのある物《もの》は、食《た》べたらダメなんじゃないかな？」

「でも、さ。一回《いっかい》よそってもらっちゃったら、食《た》べのこしたくないし……」

横《よこ》で聞《き》いていた田中《たなか》くんが、あわてて行動《こうどう》にうつった。

ぜったいにごまがついていないようにするため、田中《たなか》くんはあたらしいお皿《さら》にアジフライだけをのせて、ユウナちゃんのおかずのお皿《さら》と交換《こうかん》した。

そのとき。

「田中《たなか》くん。三田《みた》さんのキャベツは、こちらの小皿《こざら》のものではないですか？」

近《ちか》づいてきた多田見《ただみ》先生《せんせい》の手《て》には、ラップのかかった小皿《こざら》があった。

「調理員《ちょうりいん》さんたちが、アレルギーを持《も》つ児童《じどう》のために、今日《きょう》も対応《たいおう》してくださっています。キャベツのしょうゆドレッシングあえ、だそうです」

多田見《ただみ》先生《せんせい》は、きっと、ユウナちゃんがまちがってごまを食《た》べないように、ぼくたちのことを、最初《さいしょ》からしっかり見守《みまも》っていたのだろう。

「ユウナ、悪《わる》かった。気《き》がつかなかったんだ」

田中《たなか》くんがあやまると、ユウナちゃんは「気《き》にしないで」と笑顔《えがお》を見《み》せた。

ふう、よかった。

ユウナちゃんは、ごまを食《た》べずにすんだよ。

でも、安心《あんしん》してすぐ。

ここにノリオが、大《おお》きな体《からだ》でのしのしと、近《ちか》づいてきたんだ。

ユウナちゃんから回収《かいしゅう》したおかずを、田中《たなか》くんの右手《みぎて》から、うばった。

「おい、ユウナ。このおかず、もらっていいか？」

「うん。手《て》はつけてないよ」

しかしここで、いつもたくさん食《た》べる男《おとこ》の子《こ》たちが「オレも」「オレも」と、ノリオを囲《かこ》む。

「ノリオばっかり、ずるいぞ！」

「今日《きょう》の給食《きゅうしょく》の量《りょう》、見《み》ただけで、足《た》りねぇのがわかるんだよな！」

「こんな量《りょう》だと、5時間目《じかんめ》、もたねぇんだよ！」

男《おとこ》の子《こ》たちは「おかわりジャンケンをするべきだ」と、ノリオにつめ寄《よ》る。

しかしノリオは、大声《おおごえ》で、その要求《ようきゅう》を拒否《きょひ》したんだ。

「ユウナののこしたおかずは、オレサマが食《た》べるのだ～っ！」

たぶんまちがってはいないけど、なんだか、誤解《ごかい》を生《う》む表現《ひょうげん》だった。

「……えええええ。いい方《かた》が、キモチワルイよぉ」

ノリオは、うっかり悪気《わるぎ》なく、ユウナちゃんを不安《ふあん》にさせていた。

女子《じょし》たちの中《なか》には、「ごはんもみそ汁《しる》も、こんなにいらない」と、多《おお》すぎてこまっている子《こ》も少《すく》なくなかった。

今日《きょう》の給食《きゅうしょく》は、田中《たなか》くんの奥義《おうぎ》の結果《けっか》、全員《ぜんいん》、キッカリ同《おな》じ量《りょう》になっている。

ぼくも、自分《じぶん》の給食《きゅうしょく》をよく見《み》てみた。

その量《りょう》は、ぼくが食《た》べられる量《りょう》よりも、ずっと多《おお》い。

食《た》べきれそうになかったんだ。

「ぼくには、この量《りょう》は、多《おお》すぎるなぁ」

のこしてしまうかもしれない不安《ふあん》が、ぼくの頭《あたま》をよぎった。

「ああ、そうか。しまった！」

クラスやぼくの様子《ようす》を見《み》て、なにかに気《き》づいた田中《たなか》くんの表情《ひょうじょう》が、どんどん暗《くら》くなっていく。

パチン。

増田先輩《ますだせんぱい》が、指《ゆび》を鳴《な》らした。

「田中《たなか》くん。自分《じぶん》のまちがいが、やっとわかったかい？」

「……はい」

田中《たなか》くんは、くやしそうに、ひとりつぶやく。


「平等《びょうどう》に配《くば》っては、いけなかったんだ」


え？

いったいどういうこと？

平等《びょうどう》って、大切《たいせつ》な言葉《ことば》だよって、テレビとかでもよく聞《き》くけど？

増田先輩《ますだせんぱい》はゆっくりと告《つ》げる。

「そうさ。ひとはみな、同《おな》じではないのだからね」

そして増田先輩《ますだせんぱい》は、ユウナちゃん、ぼく、ノリオという順《じゅん》で、ひとりひとりの顔《かお》をかくにんしながら、こんなことをいったんだ。

「アレルギーを持《も》つ子《こ》もいる。きらいな食《た》べ物《もの》の多《おお》い子《こ》もいる。食《た》べられる量《りょう》だって、ひとりひとりで、ぜんぜんちがう」

なるほど、たしかに。

ぼくたち3人《にん》は、うなずき合《あ》う。

「たくさん食《た》べる子《こ》もいれば、少《すこ》ししか食《た》べない子《こ》もいる。きらいなものでも、『カケラひとつだけなら』と、がんばって食《た》べようとする子《こ》だっているかもしれない。もちろん、一人前《いちにんまえ》の給食《きゅうしょく》の量《りょう》は、栄養《えいよう》が計算《けいさん》され、決《き》まっている。しかし、やみくもな平等《びょうどう》はいけないと、ぼくは思《おも》うのだよ」

増田先輩《ますだせんぱい》は、給食《きゅうしょく》という、みんながいっせいに食《た》べる食事《しょくじ》の中《なか》で、ひとりひとりをきちんと見《み》ていたんだ。

「ひとりひとりは、みんな、ちがった存在《そんざい》なのさ。そこを、田中《たなか》くんは、見落《みお》としていた」

田中《たなか》くんは、全力《ぜんりょく》をだすということに気《き》をとられていた。

給食《きゅうしょく》はみんな平等《びょうどう》に、と簡単《かんたん》に考《かんが》えてしまっていた。

増田先輩《ますだせんぱい》ほどの深《ふか》い考《かんが》えを持《も》って、配膳《はいぜん》をしたわけではなかったんだ。

「全力《ぜんりょく》をだしきって、食《た》べるひとが楽《たの》しめる給食《きゅうしょく》にしたい。おもしろいもりつけで、食《た》べるひとをおどろかせたい。キミのそういう、給食《きゅうしょく》に対《たい》する熱《あつ》い気持《きも》ちは、ものすごく伝《つた》わった。全員《ぜんいん》キッカリおんなじ量《りょう》で給食《きゅうしょく》を配《くば》るなんて神《かみ》ワザは、ふつうのひとにはできない。すごいことだよ。しかし」

ここで、増田先輩《ますだせんぱい》の顔《かお》つきが、厳《きび》しくなった。

「ひとりひとりにむき合《あ》うことを、キミは、忘《わす》れていた」

ミナミちゃんも、そこには賛成《さんせい》しているようで、残念《ざんねん》そうにうなずいている。

「それにね、田中《たなか》くん」

増田先輩《ますだせんぱい》は、田中《たなか》くんの派手《はで》な奥義《おうぎ》にも注文《ちゅうもん》がある、とつけ加《くわ》えた。

「派手《はで》なものだけがいい、とは限《かぎ》らないのだよ。地味《じみ》でも、シンプルな状態《じょうたい》は、すべてのムダを捨《す》てた、一番《いちばん》いい形《かたち》なのかもしれないんだから」

おや？

聞《き》いていて、「それって給食《きゅうしょく》のこと?」と、ぼくは思《おも》った。

派手《はで》なフランス料理《りょうり》とか、そういうのは、でない。

地味《じみ》な知《し》らない料理《りょうり》がでることも、そりゃ、ある。

でも、栄養《えいよう》のバランスとか、食《た》べやすさとか、栄養士《えいようし》さんや調理員《ちょうりいん》さんたちが、いっしょうけんめい考《かんが》えてくれているんだからね。

シンプルの中身《なかみ》は、すごく、充実《じゅうじつ》しているんだ。

なるほどなぁ。

増田先輩《ますだせんぱい》って、やっぱり、ただ者《もの》じゃぁないぞ。

「キミの家《いえ》の、食堂《しょくどう》のメニューだって、同《おな》じだ」

ここで増田先輩《ますだせんぱい》は、ミナミちゃんにほほえみかけた。

「シンプルの中《なか》に、おいしさがぎゅっと詰《つ》まっている。さらには、ごはんの量《りょう》や、麺《めん》のゆで加減《かげん》、しょうゆ派《は》かソース派《は》か、味《あじ》つけの濃《こ》さ、つけあわせの野菜《やさい》の多《おお》め少《すく》なめなど、お客《きゃく》さんからのこまかな注文《ちゅうもん》も、聞《き》いている」

へぇ。

『難波食堂《なんばしょくどう》』の人気《にんき》のヒミツは、味《あじ》はもちろん、そんなところにもあったんだね。

「もちろん、給食《きゅうしょく》でそこまでこまかいことはできない。けれど、食《た》べるひとたちがいかにそれぞれちがった存在《そんざい》であるのか、大阪《おおさか》でもここでもご両親《りょうしん》が食堂《しょくどう》を営《いとな》んでいるキミは、経験《けいけん》から、わかっていた。そうだろう、ミナミくん？」

ミナミちゃんは、うなずく。

「だからキミは、田中《たなか》くんのもりつけに、怒《おこ》った。アレルギーや、好《す》ききらい、食《た》べられる量《りょう》など、ひとりひとりのちがいを見落《みお》としていた、田中《たなか》くんのもりつけにね」

そうか。

ミナミちゃんが拍手《はくしゅ》をせずに声《こえ》をあげたのには、こんな理由《りゆう》があったのか。

田中《たなか》くんの見《み》ている手前《てまえ》、ミナミちゃんはどういう反応《はんのう》をとったらよいのか、こまっているようにも見《み》えた。

それくらい、田中《たなか》くんは、うつむいて、おちこんでいたんだ。

「さあ、田中《たなか》くん。投票《とうひょう》の時間《じかん》だ」

田中《たなか》くんは、予告《よこく》どおり、全力《ぜんりょく》をだしてがんばった。

でも今回《こんかい》は、そこが、逆《ぎゃく》にアダとなってしまったような気《き》もする。

正直《しょうじき》いって、ピンチだよ。

本当《ほんとう》に残念《ざんねん》だけど、クラス投票《とうひょう》の始《はじ》まる前《まえ》から、もう、結果《けっか》は見《み》えていた。


第《だい》2のミッション【ひとりで、今日《きょう》の給食《きゅうしょく》を、クラス全員分《ぜんいんぶん》もりつけよ！】

今回《こんかい》も、多田見《ただみ》先生《せんせい》が開票《かいひょう》する。

「えー。それでは、結果《けっか》を、発表《はっぴょう》します」

田中《たなか》くん以外《いがい》の5年《ねん》1組《くみ》30人《にん》のうち。

×が、28票《ぴょう》。

◯が、2票《ひょう》。

「あー、ダメだったかぁ」

そうつぶやいた声《こえ》から、ぼく以外《いがい》の◯の1票《ぴょう》は、ユウナちゃんのものだったとわかった。

「わたしは、田中《たなか》くんは、きちんと配《くば》れたと思《おも》うよ。わたしのアレルギーに気《き》づいたら、すぐに行動《こうどう》してくれたんだし」

ユウナちゃんは、田中《たなか》くんをなぐさめた。

ぼくだって、そう思《おも》ったよ。

でも、もう、2連敗《れんぱい》なんだ。

あとがない。がけっぷちだ。その事実《じじつ》は、変《か》えられない。

これ以上《いじょう》、失敗《しっぱい》は、できないんだ。

「うーん。今日《きょう》も、おいしかったね」

給食《きゅうしょく》をいちはやく食《た》べきった増田先輩《ますだせんぱい》は、「ごちそうさまでした」とひとりで手《て》を合《あ》わせた。

「それでは、ごきげんよう！　第《だい》3のミッションは、放課後《ほうかご》に、発表《はっぴょう》するぞ。ふははははははは」

おちこむ田中《たなか》くんを横目《よこめ》に、さっそうと教室《きょうしつ》をでていった。

＊

それから。

給食《きゅうしょく》の時間中《じかんちゅう》ずっと、田中《たなか》くんは、暗《くら》かった。ぼーっとしていた。

「田中《たなか》くん、しっかりしてください。そこは、口《くち》ではありません」

多田見先生《ただみせんせい》は、やさしく注意《ちゅうい》した。

「おハシでつまんだアジフライを、ほっぺに押《お》しつけても、食《た》べられませんよ」

先生《せんせい》は、いつもより、田中《たなか》くんを見守《みまも》ってくれているように見《み》えた。

教室《きょうしつ》は、暗《くら》く、しずかだった。

自分《じぶん》が口《くち》の中《なか》でかんでいるキャベツの音《おと》が、外《そと》に聞《き》こえているんじゃないかって思《おも》っちゃうくらいだ。

火《ひ》が消《き》えたように、おとなしくなった田中《たなか》くん。

目《め》の前《まえ》の友《とも》だちがおちこんでいるのに、なんて声《こえ》をかけたらいいか、ぼくにはわからなかった。

だから、田中《たなか》くんもつらいだろうけれども、ぼくも、とっても、つらかったよ。

増田先輩《ますだせんぱい》の話《はなし》を聞《き》いてしまったから、田中《たなか》くんに○をつけることは、みんな、どうしてもできなかったんだろうなぁ。

「ミノル。オレ、2連敗《れんぱい》しちゃったよ。はは」

と、悲《かな》しそうにアジフライをかじる田中《たなか》くん。

フライの油《あぶら》で光《ひか》るほっぺは、はやく、ハンカチでふいたほうがいいよ。

「田中《たなか》くん。ミッションはまだ、あと1回《かい》、のこってるじゃないか。さいごにミッションをクリアできればいいんだから、まだまだ平気《へいき》だよ！」

「……」

返事《へんじ》はなかった。

「おーい、田中《たなか》っ！」

どうやら、教室《きょうしつ》から、外《そと》へでていたらしい。

ノリオが、あわてて教室《きょうしつ》にはいってきた。

おや？

両手《りょうて》で、牛乳《ぎゅうにゅう》ケースを持《も》っているよ。

「他《ほか》のクラスであまった牛乳《ぎゅうにゅう》を、わざわざオレサマが、田中《たなか》のために、もらってきてやったんだぞ」

見《み》れば、牛乳《ぎゅうにゅう》ケースの中《なか》には、10本《ぽん》以上《いじょう》の牛乳《ぎゅうにゅう》ビンがはいっていた。

「重《おも》いぜ。よいしょっと」

ノリオは、牛乳《ぎゅうにゅう》ケースを床《ゆか》におろした。

それから、田中《たなか》くんの机《つくえ》の上《うえ》に、牛乳《ぎゅうにゅう》ビンを1本《ぽん》、置《お》いた。

「ほれっ！」

ドンッ！

おちこむ田中《たなか》くんを、見《み》るに見《み》かねて、はげまそうと思《おも》ったんだろう。

ノリオが牛乳《ぎゅうにゅう》ビンを机《つくえ》に置《お》く様子《ようす》は、お正月《しょうがつ》にあそびにきたしんせきのオジサンが、ぼくの父《とう》さんに「ほれ、おみやげ！」と、持《も》ってきたお酒《さけ》のビンを置《お》くときに似《に》ていた。

「……ノリオ？」

「まぁ、飲《の》め、田中《たなか》。次《つぎ》のミッションこそ、みんなに、○をつけさせろよ」

ノリオは、ニカッと、やさしさにあふれた笑顔《えがお》を見《み》せる。

「ありがとう、ノリオ！」

「いいんだ、田中《たなか》。なんたって、オレサマは、やさしいんだからな」

なみだ目《め》の田中《たなか》くんは、ノリオが持《も》ってきた牛乳《ぎゅうにゅう》を、連続《れんぞく》で8本《ぽん》も飲《の》んでしまった。

やっぱり、泣《な》きながらヤケ酒《ざけ》を飲《の》む、酔《よ》っ払《ぱら》いのオジサンみたいだ。

「ちくしょう！　ちくしょう！　これが飲《の》まずにいられるか！」

8本目《ぽんめ》の牛乳《ぎゅうにゅう》ビンが、空《から》っぽになった。

「飲《の》め、田中《たなか》。つらいときには、飲《の》めばいい」

ノリオは、9本目《ほんめ》の牛乳《ぎゅうにゅう》ビンのキャップを開《あ》けて、田中《たなか》くんにわたしてあげた。

「ああ！　なんてやさしいんだ、オレサマは！」

「ああ！　なんてやさしいんだ、ノリオは！」

今度《こんど》は、ふたりして、抱《だ》き合《あ》いながら、大泣《おおな》きしているのだった。

4杯目《はいめ》

田中家秘伝《たなかけひでん》のノートのヒミツ！

帰《かえ》りの会《かい》が終《お》わってしばらくしても、田中《たなか》くんは、ぼーっとイスに座《すわ》ったままだった。

いつもは、一番《いちばん》に教室《きょうしつ》をでて、サッカーをしに校庭《こうてい》へむかうのに。

クラスのみんなが次々《つぎつぎ》と教室《きょうしつ》をでていく。

ぼくは、なるべく明《あか》るく、田中《たなか》くんに声《こえ》をかけた。

「田中《たなか》くん、一緒《いっしょ》に帰《かえ》ろうよ！」

「……あ。うん」

「今日《きょう》も、サッカーするでしょ？」

「……あ。オレいいや」

幽霊《ゆうれい》みたいにふわふわと、田中《たなか》くんは廊下《ろうか》を歩《ある》く。階段《かいだん》をおりる。

下駄箱《げたばこ》に着《つ》いた田中《たなか》くんは、口《くち》からタマシイが抜《ぬ》けそうなくらい、ひとつ、大《おお》きなため息《いき》をついた。

「……はぁぁぁぁぁぁぁぁぁぁぁ」

自分《じぶん》のクツすら持《も》ちあげられないんじゃないかと思《おも》うくらい、元気《げんき》がない。

困《こま》ったなぁ。

なにか、元気《げんき》になるような言葉《ことば》を、かけてあげたいんだけど。

すると、ぼくが声《こえ》をかける前《まえ》に。

「田中《たなか》くん！」

なんと、校内放送《こうないほうそう》が、田中《たなか》くんに声《こえ》をかけたんだ。

「ふはははははは！　いよいよ、さいごのミッションの、発表《はっぴょう》だ！」

この声《こえ》は！

「田中《たなか》くん、増田先輩《ますだせんぱい》の放送《ほうそう》だよ！」

「……あ。うん」

「さいごの、３つ目《め》のミッションが、いま、発表《はっぴょう》されるってさ！」

「……へぇ。そっかー」

「しっかりしてよ！」

「御石井小学校《おいしいしょうがっこう》の給食《きゅうしょく》で一番人気《いちばんにんき》のメニューといえば……」

「……ポテチ？」

田中《たなか》くん？

「もちろん、カレーライスだ」

「ポテチは、田中《たなか》くんが好《す》きなお菓子《かし》ってだけでしょ！」

ダメだ、田中《たなか》くん、やっぱりまだ、ふわふわしてる。

「そこで、第《だい》3のミッションは、御石井小学校《おいしいしょうがっこう》のカレーライスを、つくってもらうことにしよう」

第《だい》3のミッション【給食《きゅうしょく》のカレーを、完全《かんぜん》に、コピーせよ！】

「あさって金曜日《きんようび》の、4時間目《じかんめ》に、家庭科室《かていかしつ》へいき、そこでカレーをつくってもらおう」

料理《りょうり》の味《あじ》を、完全《かんぜん》に再現《さいげん》する。

ああ。なにか、有名《ゆうめい》な店《みせ》の料理人《りょうりにん》が、「隠《かく》し味《あじ》に○○を使《つか》っているんですよ〜」みたいなことを、テレビでいうことがあるよね。

そういう隠《かく》し味《あじ》を、あてろってことか。

給食《きゅうしょく》のカレーと、まったくおんなじものを、記憶《きおく》をたよりに、つくる。

これは、そうとう、むずかしいよ。

「なお、御石井小学校《おいしいしょうがっこう》の調理員《ちょうりいん》さんたちから聞《き》いたレシピは、前《まえ》もって発表《はっぴょう》しておく。メモの用意《ようい》は、よいだろうか？ 1クラス分《ぶん》の材料《ざいりょう》と、つくり方《かた》だ。まずは材料《ざいりょう》。豚肉《ぶたにく》1kg《キログラム》。ジャガイモ小《しょう》・14個《こ》。ニンジン小《しょう》・7本《ほん》……」

え？

もしかして増田先輩《ますだせんぱい》は、いま、すごく大切《たいせつ》なことをいってるんじゃないの？

「うわぁ！ ペン、ペン、紙《かみ》、ペン！」

やる気《き》のない田中《たなか》くんの代《か》わりに、ぼくは、あわててメモをとった。

……あれ？

なにか、おかしいよね。

下駄箱《げたばこ》の側面《そくめん》で、立《た》ったままメモをとりながら、ぼくは、モヤモヤした気分《きぶん》になっていた。

「こんなミッション、簡単《かんたん》じゃないか」

材料《ざいりょう》も、つくり方《かた》も、発表《はっぴょう》したら、同《おな》じカレーを誰《だれ》でもつくれちゃうけど？

＊

ぼくは、増田先輩《ますだせんぱい》の放送《ほうそう》をメモした紙《かみ》を、田中《たなか》くんにさしだした。

「たぶん、合《あ》ってると、思《おも》う」

ところが、田中《たなか》くん。

「…………」

そのメモを、受《う》けとろうとしないんだ。

これは、まずい。

田中《たなか》くん、完全《かんぜん》に、ミッションをクリアすることを、あきらめちゃってるぞ。

「なぁ、ミノル。悪《わる》いんだけどさぁ」

いやな、空気《くうき》に、なった。

「もう、オレ、つらいよ」

「ちょっと待《ま》ってよ、田中《たなか》くん」

「オレ、給食《きゅうしょく》マスターになんか、ならなくても……」

田中《たなか》くんが弱音《よわね》をはいた、まさにそのときのことだった。


「田中《たなか》、おまえ、なにいうてんねん！」


ぼくたちのうしろから、ミナミちゃんが、声《こえ》をあげたんだ。

つかつかつかっと田中《たなか》くんに近《ちか》づくと、真剣《しんけん》な顔《かお》で、こう聞《き》いた。

「田中《たなか》は、給食《きゅうしょく》マスター、あきらめるん？」

「…………」

「自分《じぶん》の、夢《ゆめ》、あきらめるんか？」

「うるせーな。ミナミには関係《かんけい》ないだろっ」

「……あー、そう」

ミナミちゃんは、うわばきをクツにはきかえながら、ちょっと、怒《おこ》った顔《かお》をした。

それから、なぜだか。

下駄箱《げたばこ》から、誰《だれ》かのうわばきを、片方《かたほう》、つかみとったんだ。

「うわばき？」

しかも、そのうわばきは、いま下駄箱《げたばこ》にしまったばかりの、ミナミちゃんのじゃないんだよ。

ミナミちゃんは、そのうわばきを、自分《じぶん》の顔《かお》の前《まえ》へ、持《も》ってきた。

「ミナミちゃん？」

まさか……っ！

それは、ノリオのうわばきじゃぁないのかな？

「ふぅ――――――――――」

深《ふか》く息《いき》をはきだしたミナミちゃんは。
そのうわばきのニオイを――。

「ダメーっ！」


かいじゃった。

ミナミちゃんの、ある、変《か》わったとくちょうを、ぼくは思《おも》いだす。

それは――。

くさいニオイをかいでしまうと、とたんに、ものすごく不機嫌《ふきげん》になることなんだ。

ぼくたち5年《ねん》1組《くみ》のみんなは、不機嫌《ふきげん》になったミナミちゃんのことを、こわがりながらも、こうよんでいたんだ。

『帝王《ていおう》』のミナミ。

「……おうおうおう、田中《たなか》、なんちゅうツラしとんねん！」

『帝王《ていおう》』になったミナミちゃんが、田中《たなか》くんに、怒《おこ》り始《はじ》めた。

「目《め》の前《まえ》の勝負《しょうぶ》から逃《に》げだすヘタレがっ。そんな根性《こんじょう》なしが、給食《きゅうしょく》マスターになれるわけがないやろ！　六甲山《ろっこうさん》のてっぺんに、海《かい》パン一丁《いっちょう》で置《お》いてきたろか、この、あかんたれ！」

いつもなら、『帝王《ていおう》』ミナミちゃんには、さからわないのが一《いち》番《ばん》だ。

こっちから、文句《もんく》は、いわない。フライパンの熱《ねつ》が冷《さ》めるまで、さわっちゃいけないのとおんなじだ。

ところが。

「ははは。なーんか、もう、うるせぇなぁ」

田中《たなか》くんは、へらへらと、反撃《はんげき》した。

「誰《だれ》だって、やってもムダなことは、したくないだろ？　へっ。クラスのみんなは、どうせオレに〇なんか投票《とうひょう》してくれねーしさ。オレよりも、ミナミのほうが、よっぽど給食《きゅうしょく》マスターにむいてんじゃねーの？」

田中《たなか》くん、追《お》い詰《つ》められて、あきらめて、すねているみたい。

さらに、ここで田中《たなか》くんは、いってはいけないことをいっちゃったんだ。

「おまえが、ミッションに、チャレンジすればよかったのにな！」

ミナミちゃんは、完全《かんぜん》に、田中《たなか》くんをにらんだ。

「うちは、チャレンジすら、させてもらえへんかったんや！」

ミナミちゃんの勢《いきお》いに、田中《たなか》くんはかたまった。

「……え、ミナミ？」

そうなんだよ。

ミナミちゃん、自分《じぶん》がテストを受《う》けさせてすらもらえなかったことを、そうとう、気《き》にしていたんだよ。

ミナミちゃんは、なみだ目《め》で、つづける。

「うちが、ミノルが、ユウナが、ノリオが、クラスのみんながっ、どんな気持《きも》ちで、田中《たなか》のこと応援《おうえん》してたんか、おまえ、わかってないんかっ」

え？

ミナミちゃん。

いま、自分《じぶん》も応援《おうえん》してたって、いったよね？

「田中《たなか》っ。おまえは、あの増田先輩《ますだせんぱい》に認《みと》められて、テストを受《う》けさせてもらってるんやで！　そんなん、ふつうのヤツには、できへんのや！」

ミナミちゃんは、手《て》に持《も》っていたうわばきを、田中《たなか》くんの足元《あしもと》に投《な》げつけた。

「途中《とちゅう》で勝負《しょうぶ》をあきらめるようなヤツは、うちの知《し》ってる田中《たなか》と、ちがうっ！」

ほほを赤《あか》くしたミナミちゃんは、そのままの勢《いきお》いでつづけた。

「うちの知《し》ってる田中《たなか》は、ほんまはもっと、かっこいいはずなんや！」

そのまま駆《か》けだし、帰《かえ》っていった。


ずっと横《よこ》から見《み》ていたぼくは、意外《いがい》と冷静《れいせい》だった。

きちんと片《かた》づけなきゃなと、投《な》げられたうわばきを、ぼくはひろう。

あれ、おかしいな。

さっきの、ミナミちゃん。

いつものように、しゃべっていたような気《き》が……？

途中《とちゅう》から、『帝王《ていおう》』のミナミじゃ、なかったよ。

だからぼくは、田中《たなか》くんの足元《あしもと》に落《お》ちていた、そのうわばきのニオイを――。

「ミノル？」

かいでみた。

「ミノル、なにやってるんだ？　それ、ノリオのうわばきみたいだぞ？」

「くさくない！」

やっぱりね。

「ほら、少《すこ》しもくさくないんだよ、田中《たなか》くん！」

田中《たなか》くんは、少《すこ》しいやそうに、うわばきをかいだ。

「たしかに、におわないな」

「あ！」

ノリオのじゃないよ、コレ。

「ユウナちゃんのだ！」

まじめなユウナちゃんは、うわばき洗《あら》いも自分《じぶん》でかんぺきにやっているって聞《き》いたことがある。

ぼくは、ユウナちゃんのうわばきを、もとの場所《ばしょ》へきちんと返《かえ》した。

やっぱり、うわばきは、くさくなかったんだ。

ということは……。

「おかしいと思《おも》ったんだよ。ミナミちゃん、途中《とちゅう》から、こわくなかったでしょ？　いつものしゃべり方《かた》に、戻《もど》ってたでしょ？」

「……たしかに」

「ぼくの予想《よそう》なんだけど」

そして、たぶん、合《あ》ってるんだけど。

「ミナミちゃんは、田中《たなか》くんのことを、素直《すなお》に応援《おうえん》できなかったんじゃないかな？」

だって、田中《たなか》くんのことを、「ライバルだ」と宣言《せんげん》しているんだから。

「くさいニオイでキレたフリでもしないと、素直《すなお》に応援《おうえん》できなかったんじゃないかなぁ」

あ。ミナミちゃん、ひょっとして。

田中《たなか》くんのことを、好《す》きなのかな？

だって、さっきいなくなる直前《ちょくぜん》に「ほんまはもっと、かっこいい」なんて、田中《たなか》くんのことをほめていたよね。

「ミナミちゃんは、自分《じぶん》がテストを受《う》けられないのに、ライバルの田中《たなか》くんを、はげましてくれたんだよ。あんなに、応援《おうえん》してくれていたんだよ」

ライバルがここまでしてくれたら、田中《たなか》くん、きっと立《た》ちなおってくれるよね。

「田中《たなか》くん。みんな、応援《おうえん》してるんだ。第《だい》3のミッションも、がんばろうね」

「…………」

え？　なんで？

田中《たなか》くん、だまりこんだままなんだ。

＊

ぼくたちは、サッカーもせず、まっすぐ下校《げこう》していた。

「ああ、忘《わす》れてたよ。はい、これ」

「これは？」

「御《お》石《いし》井《い》小学校《しょうがっこう》の、カレーのレシピ」

「…………」

「第《だい》3のミッションのクリアには、ぜったいに、必要《ひつよう》でしょ？」

レシピを目《め》にした田中《たなか》くんは、ピクリと、手《て》を動《うご》かした。

けれど、やっぱり、受《う》けとらない。

レシピがないと、御石井小学校《おいしいしょうがっこう》のカレーはつくれないんだよ？

「なぁ、ミノル」

田中《たなか》くんが口《くち》をひらく。

「第《だい》1のミッションでは、ミノルにいやな思《おも》いをさせてまでトマトを食《た》べさせた。第《だい》2のミッションでは、クラスのみんなに迷惑《めいわく》をかけた。そして、どっちも、クリアはできなかった」

田中《たなか》くんは、ため息《いき》をつく。

「もうオレ、第《だい》3のミッション、やりたくないんだ」

「田中《たなか》くんっ？」

びっくりしたよ。

それって、給食《きゅうしょく》マスターになることを、自分《じぶん》であきらめちゃったっていうことなんだよ。

「田中《たなか》くん、なんで、やりたくないなんていうの？」

「天才《てんさい》には、追《お》いつけないんだ」

「え？」

「天才《てんさい》に追《お》いつこうとすればするほど、追《お》いつけないことが、自分《じぶん》でわかっちゃうじゃん？正直《しょうじき》、つらいんだよ」

2回《かい》のミッション失敗《しっぱい》が、田中《たなか》くんのやる気《き》を、完全《かんぜん》につぶしてしまっていたみたいなんだ。

「オレも、増田先輩《ますだせんぱい》みたいな、あんなすごい給食《きゅうしょく》マスターに、なりたかったんだけど」

いつもの前《まえ》むきな田中《たなか》くんなら、こんなこと、ぜったいにいわない。

「オレには、無理《むり》なのかもしれな……」

田中《たなか》くんの言葉《ことば》をさえぎるために、ぼくは大声《おおごえ》をあげた。

「無理《むり》とか、そんなこといっちゃダメだよ！」

ここで、ぼくの頭《あたま》の中《なか》には。

御石井小学校《おいしいしょうがっこう》にひっ越《こ》してきたばかりのころのことが、浮《う》かんでいた。

「ぼくが5月《がつ》に転入《てんにゅう》してきたときは、田中《たなか》くん、本当《ほんとう》にスーパースターだったんだよ」

ぼくは転入初日《てんにゅうしょにち》の給食《きゅうしょく》で、いきなり、ノリオにからまれた。大《だい》きらいな牛乳《ぎゅうにゅう》を、無理《むり》やり飲《の》まされそうになったんだ。でも、会《あ》ったばかりの田中《たなか》くんは、知恵《ちえ》と工夫《くふう》で助《たす》けてくれた。その上《うえ》、ぼくは、牛乳《ぎゅうにゅう》を、飲《の》むことができて、牛乳《ぎゅうにゅう》が大好《だいす》きになったんだ。

ピーマンが食《た》べられないのをミナミちゃんに見抜《みぬ》かれたこともある。そのときは、料理《りょうり》上手《じょうず》のミナミちゃんをも超《こ》える田中《たなか》くんのアイディアのおかげで、ぼくはピーマンを食《た》べられるようになった。

友《とも》だちと約束《やくそく》したお弁当《べんとう》がつくれなくなったユウナちゃんを助《たす》けるために、全校児童《ぜんこうじどう》を巻《ま》きこんで、特別《とくべつ》なランチタイムをしたこともあった。

次々《つぎつぎ》とトラブルを解決《かいけつ》する田中《たなか》くんは、本当《ほんとう》にかっこよかったんだ。

「転入《てんにゅう》してきて、田中《たなか》くんと同《おな》じクラスになって、友《とも》だちになれて、本当《ほんとう》によかったよ」

田中《たなか》くんには、感謝《かんしゃ》している。

5年《ねん》1組《くみ》に田中《たなか》くんがいなかったら、転入《てんにゅう》してきたぼくの学校生活《がっこうせいかつ》は、まったくちがうものになっていたと思《おも》うから。

給食《きゅうしょく》の時間《じかん》を、楽《たの》しいと思《おも》うこともなかっただろう。

きらいな食《た》べ物《もの》を、自分《じぶん》から食《た》べようとも思《おも》わなかっただろう。

そして、親友《しんゆう》ができたぞと、よろこぶこともなかっただろう。

「田中《たなか》くんは、ぼくの一番《いちばん》の友《とも》だちだよ」

「……ミノル」

田中《たなか》くんの表情《ひょうじょう》から、少《すこ》しだけ、暗《くら》さが消《き》えた。

でも……。いいにくいけど。

だからこそ、ここでハッキリ伝《つた》えなきゃいけないことがあった。


「だけど、いまの田中《たなか》くんは……、いつもの田中《たなか》くんじゃないんだよ」


いままで、田中《たなか》くんにどういうはげましの言葉《ことば》をかけたらよいのか、自分《じぶん》でもわからなかった反動《はんどう》かもしれない。

ぼくの口《くち》からは、まとまりのない言葉《ことば》が、どんどんどんどん、あふれてきたんだ。

「田中《たなか》くんは、増田先輩《ますだせんぱい》にあこがれているんでしょ？」

「ああ」

「その増田先輩《ますだせんぱい》が、『勝《か》てない』とか『無理《むり》だ』とかいってたら、いやでしょ？」

「ああ、いやだ」

「ぼくだって、そうだよ！」

急《きゅう》に、自分《じぶん》でもびっくりするくらいの、大《おお》きな声《こえ》をだしてしまった。

「田中《たなか》くんが、『勝《か》てない』とか『無理《むり》だ』とかいってるの、もう、見《み》たくないんだよ！

ミナミちゃんも、ユウナちゃんも、クラスのみんなも、たぶんノリオだって、おんなじことを考《かんが》えてるよ！」

田中《たなか》くんは、じっと黙《だま》って聞《き》いている。

「増田先輩《ますだせんぱい》にはかなわないからって、自分《じぶん》の夢《ゆめ》をあきらめるの？　お母《かあ》さんとの約束《やくそく》は、もうどうでもよくなっちゃったの？　自分《じぶん》が負《ま》けるのがこわいの？　それとも、お母《かあ》さんのノートを使《つか》って負《ま》けることをこわがっているの？」

言葉《ことば》はとまらない。

「いまのこんな様子《ようす》の田中《たなか》くんを見《み》たら、お母《かあ》さん、ぜったいに悲《かな》しむよ！」

勝手《かって》に、なみだがでてきた。

「そんな弱虫《よわむし》の田中《たなか》くんなんか、田中《たなか》くんじゃないんだよ！」

そんなの田中くんじゃない!!

つい、手《て》に、力《ちから》がはいってしまった。

せっかくメモしたカレーのレシピを、右手《みぎて》でぐしゃりと、にぎりつぶしてしまう。

「泣《な》くなよ、ミノル」

「……あきらめないでよ」

なみだをふいて、ぼくは、声《こえ》を、しぼりだした。

「ぼくもミナミちゃんと、まったくおんなじ意見《いけん》だよ。チャレンジする前《まえ》からあきらめている田中《たなか》くんなんて、ぼくたちは、見《み》たくないんだよ」

「…………」

「…………」

しばらく、ふたり、だまってしまった。

「……なあ、ミノル」

やっと口《くち》をひらいた田中《たなか》くんが、ぼくの手元《てもと》を指《ゆび》さした。

「それ、もらってもいいか？」

ぼくの手《て》の中《なか》ににぎられているのは、さっきまちがえてぐしゃりとまるめてしまった、カレーのレシピだ。

「田中《たなか》くん？」

もしかして……っ！

「オレ、もう、逃《に》げないよ」

田中《たなか》くんは、自分《じぶん》から手《て》をのばして、カレーのレシピを受《う》けとった。

「ありがとう、ミノル」

グシャグシャになったレシピを広《ひろ》げ、のばして、しわをとる田中《たなか》くん。

レシピを自分《じぶん》のランドセルの中《なか》にいれながら、こう宣言《せんげん》した。

「あさっての第《だい》3のミッション、オレ、ぜったいに、クリアするから！」

＊

給食《きゅうしょく》カレーの、完全《かんぜん》コピーは、明日《あした》の金曜日《きんようび》、4時間目《じかんめ》に行《おこな》われる。

今日《きょう》の木曜日《もくようび》をどういうふうに使《つか》うかが、田中《たなか》くんの運命《うんめい》を、大《おお》きく左右《さゆう》するんだろう。

「田中《たなか》くん、今日《きょう》の20分休《ぷんやす》みに、給食調理室《きゅうしょくちょうりしつ》へいってみない？」

登校中《とうこうちゅう》の、ぼくの提案《ていあん》に、田中《たなか》くんも乗《の》っかった。

「そうだな。実際《じっさい》につくっているひとの話《はなし》は、ぜったいに聞《き》いたほうがいいよな」

あと、ぼくのメモしたカレーのレシピが、ちがっていたら、まずい。

そのかくにんも、したかったんだ。

「あとね、田中《たなか》くん」

ぼくは、メモをとったときから、ずっと疑問《ぎもん》だったことを尋《たず》ねた。

「材料《ざいりょう》やつくり方《かた》が、レシピに書《か》いてあるよね。そのとおりにつくれば、ミッションをクリアしたことになるのかな？」

「それなんだけど」

田中《たなか》くんも、昨日《きのう》家《いえ》に帰《かえ》ってから、そのことをずっと考《かんが》えていたのだそうだ。

「この第《だい》3のミッションには、なにか、ウラがある気《き》がするんだ」

「ウラがある？」

「レシピを教《おし》えた上《うえ》に、2日間《かかん》も、今回《こんかい》は準備《じゅんび》に時間《じかん》をくれただろ？」

たしかに、そうだ。

第《だい》1のミッションは、次《つぎ》の日《ひ》に。

第《だい》2のミッションは、その場《ば》で。

クラス投票《とうひょう》までの期限《きげん》は、とても短《みじか》かった。

「レシピを見《み》てカレーをつくるだけなら、正直《しょうじき》、2日間《かかん》もいらないよねぇ」

「ああ。だからこそ第《だい》3のミッションは、ふつうのやり方《かた》ではクリアできないはずなんだ」

「なるほど」

しかし、ぼくたちふたりは、クリアの手《て》がかりについて、心《こころ》あたりがなかった。

「だったら、なおさら、調理員《ちょうりいん》さんたちに、話《はなし》を聞《き》いてみなくちゃね」

ぼくたちは、うなずき合《あ》った。

20分休《ぷんやす》みに、ぼくたちは、給食調理室《きゅうしょくちょうりしつ》の前《まえ》の廊下《ろうか》にきていたんだけど。

「これじゃあ、聞《き》けないね」

「いそがしそうだな」

ガラス窓越《まどご》しの調理室《ちょうりしつ》では、若《わか》い３人《にん》の調理員《ちょうりいん》さんたちが、ちょうど材料《ざいりょう》をとってきて、調理《ちょうり》にとりかかるところだった。ガラス窓《まど》があるから、３人《にん》の話《はな》す声《こえ》は聞《き》こえないけど、調理《ちょうり》の順番《じゅんばん》とかを、かくにんし合《あ》っているのかもしれない。

そうだよ、仕事中《しごとちゅう》なんだよ。

「ジャマしちゃ悪《わる》いよね。でも、ぼくのメモがまちがっていたら、すごく困《こま》るし……」

「そうだな。カレーのレシピだけでも、見《み》てくれると、うれしいんだけどな」

すると、ガラス窓越《まどご》しに調理室《ちょうりしつ》をのぞいているぼくたちの、うしろから。

「おい！　牛乳《ぎゅうにゅう》カンパイボーイじゃないか」

へ？　ふふふふふ。

牛乳《ぎゅうにゅう》カンパイボーイだってさ。

田中《たなか》くんの、おかしなアダナにニヤニヤしながら、ぼくはふりかえった。

「どうなんだい。給食《きゅうしょく》マスターには、なれそうなのかい？　わははははは！」

そのひとは、４人目《にんめ》の調理員《ちょうりいん》さんだった。

よく通《とお》る声《こえ》で大《おお》きくわらう、オバサンだ。

聞《き》けば、田中《たなか》くんとは、顔《かお》なじみ。田中《たなか》くんが調理室《ちょうりしつ》でなにかを借《か》りるときには、この調理員《ちょうりいん》さんにおねがいしているんだって。

御石井小学校《おいしいしょうがっこう》の調理員《ちょうりいん》さんたちのリーダーで、とても頼《たよ》りになるひとなんだってさ。

「このカレーのレシピが、御石井小学校《おいしいしょうがっこう》のものとおんなじかどうか、見《み》てほしいんです」

田中《たなか》くんは、ぼくのメモしたレシピを、手《て》わたしした。

「うん。うん。うん。……おんなじだよ。材料《ざいりょう》も、手順《てじゅん》も、かんぺきだ」

ぼくと田中《たなか》くんは、顔《かお》を見合《みあ》わせてよろこぶ。

「ありがとうございます！」

田中《たなか》くんは、お礼《れい》をいいながら、レシピを受《う》けとった。

「でも、おどろいたねぇ」

調理員《ちょうりいん》さんは、ふしぎそうにつづける。

「前回《ぜんかい》、給食《きゅうしょく》にカレーがでたあとで、たまねぎの切《き》り方《かた》を変《か》えることに決《き》めたんだけど、それも、きちんと書《か》いてあるじゃないか。まだ給食《きゅうしょく》にだしていないのにね」

「切《き》り方《かた》を、変《か》えた？」

「こまかいことなんだけどね。『こっちの切《き》り方《かた》のほうが食《た》べやすい』『でも、こっちの切《き》り方《かた》のほうが、味《あじ》がいい』とか、オバサンたちみんなで、いろいろ話《はな》して決《き》めてんのさ」

知《し》らなかったよ。まさかぼくたちのお昼《ひる》ごはんのために、野菜《やさい》の切《き》り方《かた》まで、みんなで相談《そうだん》して、いろいろ変《か》えてくれているなんて。

「みんなに、おいしい給食《きゅうしょく》を食《た》べてほしい。そういうあたしらの愛情《あいじょう》がはいっているから、御石井小学校《おいしいしょうがっこう》の給食《きゅうしょく》は、めちゃくちゃうまいのさ。そうだろう？」

「「はい！」」

ぼくたちふたりは、うなずいた。

しかし、給食調理室《きゅうしょくちょうりしつ》にいっても、第《だい》3のミッションをクリアする手《て》がかりは、まったくつかめなかったんだよね。

＊

放課後《ほうかご》に、田中《たなか》くんの家《いえ》の、キッチンで。

ランドセルを置《お》き、イスに座《すわ》り、むかい合《あ》って話《はな》し合《あ》う。

さすがにふたりとも真剣《しんけん》なので、田中《たなか》くんも「重《かさ》ねポテチの、ゴジラ食《ぐ》い！」とか、このあいだみたいなオフザケはしない。もちろん「ガオーッ」とも、叫《さけ》ばない。

「ねぇ、やっぱり、レシピどおりにカレーをつくれば、それでいいんじゃないのかな？」

増田先輩《ますだせんぱい》が、さいごは簡単《かんたん》なミッションにしてくれたんだと、ぼくは思《おも》いたかった。

「それは、ない」

田中《たなか》くんは、短《みじか》くいいきる。

「給食《きゅうしょく》マスターは、そんなにあまくないぞ」

「だって、ふつうにつくる以外《いがい》の方法《ほうほう》を、思《おも》いつかないいじゃないか」

「全力《ぜんりょく》で、考《かんが》えよう。きっと、このミッションには、なにかウラがあるはずなんだ。そうじゃなきゃ、2日間《かかん》も、くれるはずないんだ」

しかし、考《かんが》えても、考《かんが》えても、こたえなんかでそうになかった。

レシピのわかっているカレーを、完全《かんぜん》に、コピーする。

レシピどおりにふつうにつくれば、完全《かんぜん》にコピーしたことになると思《おも》うんだけど？

「ねぇ、田中《たなか》くん。お母《かあ》さんの秘伝《ひでん》のノートは、参考《さんこう》にならないかな？」

「どういうことだ？」

「いろんな料理《りょうり》や、いろんな食材《しょくざい》の情報《じょうほう》が、あのノートには書《か》かれているんでしょ？　しかも、お母《かあ》さんは、学校《がっこう》で給食《きゅうしょく》のメニューを考《かんが》える仕事《しごと》をしていたんでしょ？」

「ああ」

「なにか、ヒントになることが、書《か》いてあるかもしれないよ」

すぐにノートをとってくる田中《たなか》くん。

「田中《たなか》くん。大切《たいせつ》なノートなのに、けっこうボロボロじゃない？」

めくった指《ゆび》の跡《あと》でよごれているくらい、ノートは使《つか》い古《ふる》されていた。

それくらい、いっしょうけんめいに、真剣《しんけん》に、まじめに、読《よ》みこんできたってことなんだろう。

「いつも読《よ》んでるからな。あと、最近《さいきん》はついつい油断《ゆだん》して、ポテチ食《た》べたその指《ゆび》で、ページめくっちゃうこともあるんだ。はははは」

ダメだよ！

大切《たいせつ》な、秘伝《ひでん》のノートなんでしょ？

じょうだんだよねと思《おも》いながら、ぼくは、聞《き》かなかったことにした。

「えーと、カレーのページは……」

書《か》かれていたカレーのつくり方《かた》は、もちろん、御石井小学校《おいしいしょうがっこう》のカレーのつくり方《かた》とはちがっていた。本当《ほんとう》に役《やく》に立《た》ちそうなノートなんだけど、このページは、第《だい》3のミッションとは、あまり関係《かんけい》がなさそうだ。

念《ねん》のため、ドライカレーや、スープカレーのページも見《み》たけど、やはりヒントになりそうなものは見《み》つけられなかった。

ジャガイモ、ニンジン、ナス、たまねぎ……。各食材《かくしょくざい》のページも、手《て》がかりなし。

ふたたび、いやな沈黙《ちんもく》が、キッチンをつつんでしまった。

「なあ、ミノル。ちょっと休《やす》んで、ポテチでも食《た》べようぜ」

「そうだね。すごく、疲《つか》れたもんね」

「今日《きょう》は特別《とくべつ》に、新《しん》ワザを見《み》せてやる。練習《れんしゅう》したんだぜ。ポテチの、ブーメラン食《ぐ》いだ」

食《た》べ物《もの》を投《な》げたら、ダメなんだってば！

「田中《たなか》くん。ポテチを食《た》べたあと、ノートを読《よ》む前《まえ》には、手《て》を洗《あら》おうね」

「わかってるって。さっきのノートの話《はなし》は、じょうだんだよ」

などとわらいながら、田中《たなか》くんは、ノートをテーブルの上《うえ》に置《お》いた。

そのとき。

「ああっ！」

「しまった！」

疲《つか》れていた田中《たなか》くんは、うっかり、手《て》をすべらせてしまった。

お母《かあ》さんの大切《たいせつ》なノートを、テーブルから、落《お》としてしまったんだ。

ノートは、べらりと、床《ゆか》の上《うえ》に広《ひろ》がった。

「だいじょうぶ？　ノート、破《やぶ》れてないかな？」

いっしょうけんめい読《よ》みこんだせいで、ボロボロだから、破《やぶ》れていないかが心配《しんぱい》だよ。

あわてて、ノートをかくにんすると。

「……おや？」

ぼくの目《め》は、ノートに釘《くぎ》づけになってしまう。

裏表紙《うらびょうし》の内側《うちがわ》が見《み》える形《かたち》で、べらりと、広《ひろ》がっていたんだけれど……。

「田中《たなか》くん、これは、どういうこと？」

裏表紙《うらびょうし》の内側《うちがわ》の一部《いちぶ》が、ふつうのノートとはちがっていたんだ。

「これ、紙《かみ》が、貼《は》ってあるよ」

「ほんとだ。知《し》らなかった」

読《よ》みこんで、ボロボロになったからだろう。

貼《は》られた紙《かみ》が、端《はし》の部分《ぶぶん》から、めくれているんだ。

「……ねえ、田中《たなか》くん」

ぼくは、思《おも》わず、息《いき》をのんだ。

なんだ、これは？

「紙《かみ》の下《した》に、なにか、書《か》いてあるみたいだよ」

「……ホントだ。こんなの、気《き》づかなかったぞ」

田中《たなか》くんは、ゆっくりと、静《しず》かに、貼《は》ってあった紙《かみ》をはがした。

「これ、田中《たなか》くんのお母《かあ》さんからの、手紙《てがみ》じゃないか！」

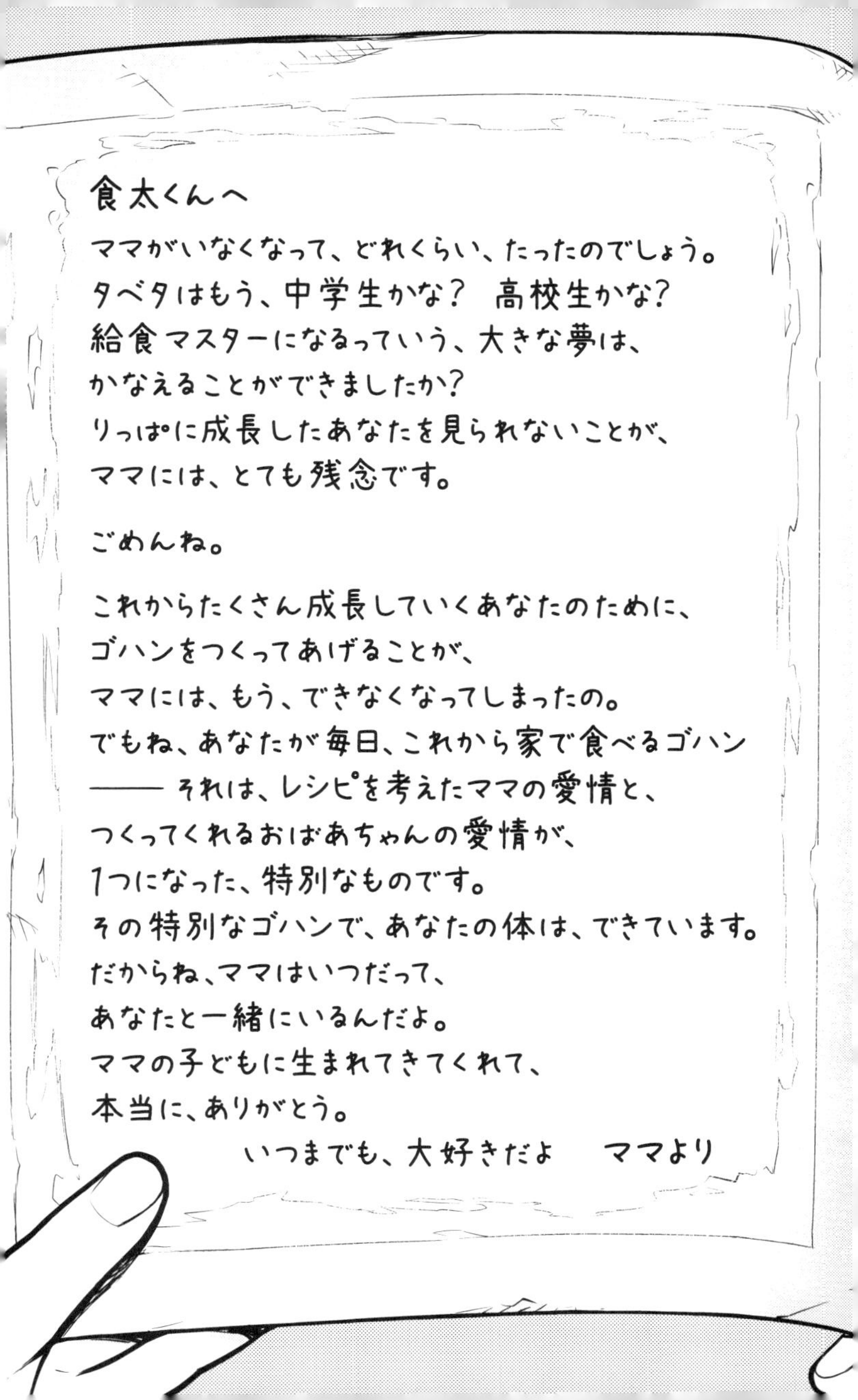

食太くんへ

ママがいなくなって、どれくらい、たったのでしょう。
タベタはもう、中学生かな？　高校生かな？
給食マスターになるっていう、大きな夢は、
かなえることができましたか？
りっぱに成長したあなたを見られないことが、
ママには、とても残念です。

ごめんね。

これからたくさん成長していくあなたのために、
ゴハンをつくってあげることが、
ママには、もう、できなくなってしまったの。
でもね、あなたが毎日、これから家で食べるゴハン
――それは、レシピを考えたママの愛情と、
つくってくれるおばあちゃんの愛情が、
1つになった、特別なものです。
その特別なゴハンで、あなたの体は、できています。
だからね、ママはいつだって、
あなたと一緒にいるんだよ。
ママの子どもに生まれてきてくれて、
本当に、ありがとう。

いつまでも、大好きだよ　ママより

読《よ》むうちに、ぼくのなみだは、とまらなくなってしまった。

だって、田中《たなか》くんのお母《かあ》さんは、たしか……。

小学校《しょうがっこう》の入学式《にゅうがくしき》も、4月《がつ》の田中《たなか》くんの誕生日《たんじょうび》も、お祝《いわ》いすることができずに、亡《な》くなってしまったんだから。

「母《かあ》さん。さいごのさいごまで、オレのことを……」

お母《かあ》さんは、めいっぱいの愛情《あいじょう》を、田中《たなか》くんにそそいでいたんだ。

いまノートを手《て》にした田中《たなか》くんの頭《あたま》の中《なか》には、記憶《きおく》の中《なか》のやさしいお母《かあ》さんが、はっきりと浮《う》かんでいるんだろうね。

うっすら目《め》のうるんだ田中《たなか》くんは、手紙《てがみ》に目《め》を落《お》としたまま、かすかな声《こえ》でつぶやいた。

「ありがとう」

田中《たなか》くんは、何度《なんど》も何度《なんど》も、手紙《てがみ》を読《よ》んでは、つぶやいていた。

「ありがとう。母《かあ》さん。本当《ほんとう》に、ありがとう」


それから、ぼくたちふたりは、また、だまってしまった。

でもそれは、手紙《てがみ》を読《よ》む前《まえ》とはちがって、いやな沈黙《ちんもく》なんかじゃなかった。

自分《じぶん》のことを思《おも》いやってくれている誰《だれ》かを思《おも》いだす沈黙《ちんもく》は、心《こころ》があったかくなる気《き》がしたよ。

「まさか、オレ、ミノルの前《まえ》で泣《な》きそうになるとは思《おも》わなかったな」

田中《たなか》くんは、「へへへへへ」と、照《て》れわらいを始《はじ》めた。

それから、こんなことをいったんだ。

「ちょっとワガママいうとな、母《かあ》さんのつくった手料理《てりょうり》を、いまでも、食《た》べたいと思《おも》ってるんだ」

もちろん、毎日《まいにち》の料理《りょうり》をつくってくれているおばあちゃんへの感謝《かんしゃ》は忘《わす》れずに、田中《たなか》くんはつづける。

「レシピはのこっていても、母《かあ》さん本人《ほんにん》がつくった料理《りょうり》は、もう二度《にど》と、食《く》えないからさ」

と、いい終《お》えたその瞬間《しゅんかん》に、田中《たなか》くんは、あっ!!　と大声《おおごえ》をあげた。

「びっくりしたぁ。急《きゅう》に大《おお》きな声《こえ》をださないでよ」

「第《だい》3のミッションのこたえが、やっと、わかったぞ！」

田中《たなか》くんは、お母《かあ》さんのノートを手《て》にとった。

「きっと、母《かあ》さんが、助《たす》けてくれたんだよ」

なにがなにやらさっぱりわからず、ぼくは尋《たず》ねる。

「じゃあ、田中《たなか》くん。第《だい》3のミッションのこたえっていうのは、なんだったの？」

「いくらレシピがのこっていても、母《かあ》さんの手料理《てりょうり》は、もう二度《にど》とつくれないんだぜ？」

田中《たなか》くんは、キッチンの床《ゆか》にころがるランドセルから、1枚《まい》のメモをとりだし、テーブルの上《うえ》に、のせる。

「同《おな》じことだよ」

その紙《かみ》は、ぼくがメモした、御石井小学校《おいしいしょうがっこう》のカレーのレシピだった。

5杯目《はいめ》

最終投票《さいしゅうとうひょう》！　合格《ごうかく》か…不合格《ふごうかく》か…!?

とうとう、金曜日《きんようび》の、4時間目《じかんめ》になってしまった。

3時間目《じかんめ》を終《お》えたぼくたちは、家庭科室《かていかしつ》へ急《いそ》ぐ。

「待《ま》ちくたびれたよ、田中《たなか》くん」

増田先輩《ますだせんぱい》は、黒《くろ》い革《かわ》のイスに座《すわ》り、紅茶《こうちゃ》を飲《の》みながら読書《どくしょ》をしていた。

このイスは、ほぼまちがいなく、校長室《こうちょうしつ》のイスなんだけど。

いつ、運《はこ》んだんだろう？　校長先生《こうちょうせんせい》の許可《きょか》は、とったのかな？

そもそも、増田先輩《ますだせんぱい》がきちんと授業《じゅぎょう》にでているのか、ぼくには気《き》になってしかたがない。

「さいごのミッションの、始《はじ》まりだね」

先輩《せんぱい》は、なにかの封筒《ふうとう》を、しおりの代《か》わりに、本《ほん》にはさんだ。封筒《ふうとう》がはさまれた本《ほん》は、

『日本食品標準成分表《にほんしょくひんひょうじゅんせいぶんひょう》』という聞《き》いたこともないタイトルの、専門的《せんもんてき》な本《ほん》だった。

封筒《ふうとう》をはさんだ本《ほん》を抱《かか》えて、増田先輩《ますだせんぱい》が近《ちか》づいてくる。

「田中《たなか》くん、わかっているとは思《おも》うけれども……」

「はい。今日《きょう》の第《だい》3のミッションを達成《たっせい》できなければ、オレは一生《いっしょう》、給食《きゅうしょく》マスターになることはできないんですよね」

「ああ、そうだ。これが、ラストチャンスだ」

がんばれ、田中《たなか》くん！

ついに、お母《かあ》さんとの約束《やくそく》を果《は》たすときが、やってきたんだ！

ちなみに、ここ、御石井小学校《おいしいしょうがっこう》の家庭科室《かていかしつ》は、かなり変《か》わっている。

部屋《へや》の真《ま》ん中《なか》には、どーんとひとつ、大《おお》きなまるい食卓《しょくたく》テーブル。コンロや流《なが》し台《だい》や冷蔵庫《れいぞうこ》は、教室《きょうしつ》のへりに並《なら》んでいる。大《おお》きめの冷蔵庫《れいぞうこ》の中身《なかみ》は、給食《きゅうしょく》マスターを目指《めざ》している、特別《とくべつ》な名札《なふだ》を持《も》っている児童《じどう》であれば、いつでも使《つか》ってよいことになっていた。

……まぁ、この家庭科室《かていかしつ》では、いろいろあってさぁ。

この部屋《へや》は、前《まえ》に1回《かい》、火事《かじ》になったことがあるんだ。田中《たなか》くんとミナミちゃんが、そこには、思《おも》いっきり関係《かんけい》していた。じつは、その火事《かじ》のあとで、田中《たなか》くんもミナミちゃんも、特別《とくべつ》な名札《なふだ》を1ヶ月間《かげつかん》、先生《せんせい》から没収《ぼっしゅう》されていたんだよね。

ともあれ。

クラスのみんなは、部屋《へや》の中心《ちゅうしん》にどーんと置《お》かれたテーブルに、輪《わ》になって座《すわ》っている。

「それでは、第《だい》3のミッションをクリアできたのか、かくにんをしよう！」

増田先輩《ますだせんぱい》は、テストの開始《かいし》を、宣言《せんげん》した。

第《だい》3のミッション【給食《きゅうしょく》のカレーを、完全《かんぜん》に、コピーせよ！】

「それでは、調理《ちょうり》、スタートだ！」

ところが、調理開始《ちょうりかいし》の合図《あいず》を聞《き》いても、田中《たなか》くん、一歩《いっぽ》も動《うご》かないんだ。カレー用《よう》の鍋《なべ》を見《み》おろして、じっとしている。

よく見《み》れば、手《て》には、お母《かあ》さんのノートを持《も》っているじゃないか。

田中《たなか》くん！　いまは、お母《かあ》さんのノートよりも、ジャガイモや包丁《ほうちょう》を持《も》たなきゃいけないときなんじゃないの？

「田中《たなか》、なにやってるー！」

「びびったら負《ま》けだぞー！」

「がんばれー！」

みんながいくら応援《おうえん》しても、田中《たなか》くんは、動《うご》かない。

ユウナちゃんが、発言《はつげん》した。

「わかった！　田中《たなか》くん、さいごのミッションに緊張《きんちょう》して、動《うご》けなくなってるんだよ！」

そうとわかれば、ぼくたちははやかった。牛乳《ぎゅうにゅう》カンパイ係《がかり》としてクラスをもりあげてきた田中《たなか》くんを、今度《こんど》はぼくたちが、応援《おうえん》する番《ばん》なんだ！

「「た・な・か！」」

「「た・な・か！」」

クラスのみんなは、必死《ひっし》の手拍子《てびょうし》で、田中《たなか》くんを応援《おうえん》する。

「田中《たなか》！　あきらめたら、アカンッ！」

ミナミちゃんも、声《こえ》をはった。

それでも、田中《たなか》くんは、動《うご》かない。

「さあさあ田中《たなか》くん。4時間目《じかんめ》は、あと40分《ぷん》くらいしかないんだぞ。はやく、御石井小学《おいしいしょうがっ》校《こう》の給食《きゅうしょく》のカレーを、完全《かんぜん》に、再現《さいげん》したまえ。このカレーが、今日《きょう》の給食《きゅうしょく》になるのだよ」

ここで、田中《たなか》くんは、信《しん》じられないことをいった。


「できません！」

「「「……え――――――っ？」」」


できないって、どういうこと？

クラスのみんなは、かたまった。

こんなにみんなで応援《おうえん》しているのに、田中《たなか》くん、まさか、あきらめちゃったの？

「き、聞《き》きまちがいじゃないかな？」

ユウナちゃんが、やんわりと、しずかにおどろく。

「いいや、ユウナ。聞《き》きまちがいなんかじゃないぞ」

田中《たなか》くんは、くりかえした。

「第《だい》3のミッションは、クリアできない。それが、オレのこたえなんだ」

そんな田中《たなか》くんを、増《ます》田《だ》先輩《せんぱい》は、厳《きび》しい目《め》で見《み》つめている。

「聞《き》こう」

しずかな口《くち》ぶりで、増《ます》田《だ》先輩《せんぱい》はつづけた。

「キミが、なぜそんなこたえをだしたのかを、聞《き》こう」


しずかな緊張感《きんちょうかん》でいっぱいの家庭科室《かていかしつ》で、田中《たなか》くんは語《かた》り始《はじ》めた。

「母《かあ》さんの手料理《てりょうり》を、二度《にど》とオレは食《た》べられない。それと、同《おな》じなんです」

いっている意味《いみ》がよくわからず、クラスのみんなは首《くび》をかしげていた。

「前《まえ》にもいったと思《おも》うんですが、オレの母《かあ》さんは、学校《がっこう》の給食《きゅうしょく》メニューを考《かんが》える仕事《しごと》をしていました。給食《きゅうしょく》レシピを、たくさん考《かんが》えて、たくさんノートにのこしました。オレは、このノートをてってい的《てき》に読《よ》みこんで、知識《ちしき》をたくさん身《み》につけてきました」

田中《たなか》くんは、持《も》ってきていたボロボロのノートを、増田先輩《ますだせんぱい》に見《み》せた。

「このノートには、母《かあ》さんの愛情《あいじょう》が、いっぱいつまっています」

田中《たなか》くんは、いいきった。

「でも母《かあ》さんは、もう、いないんです」

ユウナちゃんは、なみだでちょっとうるんだ目《め》で、つづきを待《ま》っている。

「たとえレシピがあったって、オレの母《かあ》さんの特別《とくべつ》な愛情《あいじょう》がはいっている手料理《てりょうり》は、もう食《た》べることはできないんです」

「わからないな。それが、今回《こんかい》のミッションと、どう関係《かんけい》するんだい？　はやく、御石井《おいしい》小学校《しょうがっこう》の給食《きゅうしょく》のカレーを、完全《かんぜん》に、コピーしたまえ」

「昨日《きのう》、ミノルと一緒《いっしょ》に、給食調理室《きゅうしょくちょうりしつ》へいったんですけど……」

クラスのみんなが、いっせいに、ぼくに注目《ちゅうもく》した。

「そのとき、調理員《ちょうりいん》さんたちは、いっしょうけんめい働《はたら》いていました。調理《ちょうり》に時間《じかん》がかかるのはもちろん、打《う》ち合《あ》わせまでしっかりするんです。食《た》べる時間《じかん》の何倍《なんばい》もかかって、給《きゅう》食《しょく》をつくってくれているんです。気持《きも》ちがこもっているんです」

ぼくは昨日《きのう》の調理員《ちょうりいん》さんたちを思《おも》いだし、みんなの前《まえ》で、うなずく。

「いくらレシピどおりにつくったとしても。同《おな》じ道具《どうぐ》で、同《おな》じ手順《てじゅん》で、同《おな》じようにつくったとしても……」

まっすぐに、増田先輩《ますだせんぱい》を見《み》た。

「御石井小学校《おいしいしょうがっこう》の調理員《ちょうりいん》さんたちの特別《とくべつ》な愛情《あいじょう》がはいっているカレーは、ぜったいに、オレにはつくれません！」

ん？　ちょっと待《ま》ってよ、田中《たなか》くん。

ぼくたち、あとで、○か×かを、判断《はんだん》しなくちゃいけないんだ。

御石井小学校《おいしいしょうがっこう》のカレーを完全《かんぜん》にコピーできたと思《おも》ったら、○を投票《とうひょう》するんだよ。

できないっていうんだったら、×しか選《えら》べないじゃないか！

これ、どうなっちゃうのさ？

増田先輩《ますだせんぱい》の反応《はんのう》を、ぼくたちは待《ま》つしかなかった。

「『できない』。それが、キミのこたえなんだね？」

「はい」

「ふざけないでもらおう」

増田先輩《ますだせんぱい》の、厳《きび》しい言葉《ことば》が、田中《たなか》くんにむけられた。

「ぼくは、キミを給食《きゅうしょく》マスター委員会《いいんかい》に推薦《すいせん》できるかどうか、本気《ほんき》で見極《みきわ》めにきているんだ。委員会《いいんかい》のトップである給食皇帝《ロイヤルマスター》にも、この推薦試験《すいせんしけん》の結果《けっか》を報告《ほうこく》し、委員会《いいんかい》で相談《そうだん》することになっている」

ロイヤルマスター？

なにか、やたら強《つよ》そうなひとがでてきたけど？

ぜったい、ヒゲ、生《は》えてるでしょっ？

「いいかげんなことはやってほしくない。それでもキミは、『できない』というのかい？」

「はい！」

田中《たなか》くんに、迷《まよ》いはない。

「食《た》べるひとの気持《きも》ちも、つくるひとの気持《きも》ちも、どちらも考《かんが》えたときに、このこたえ以《い》外《がい》、オレはでないと思《おも》っています」

「おいおいおい」

増田先輩《ますだせんぱい》は、髪《かみ》をかきむしりながら、あきれる。

「カレーをつくれというミッションで、カレーをつくらない。それで、本当《ほんとう》に、いいんだね？」

「はい。……あ。でも、先輩《せんぱい》」

「なんだね？」

「オレは、今日《きょう》、みんなに料理《りょうり》をつくりたいんです」

「へ？」

珍《めずら》しく、増田先輩《ますだせんぱい》が、気《き》の抜《ぬ》けた声《こえ》をだした。

田中《たなか》くんは、ずっと手《て》に持《も》っていた、お母《かあ》さん秘伝《ひでん》のノートをひらいたんだ。

「オレいまから、母《かあ》さんのカレーをつくります。それを、今日《きょう》の給食《きゅうしょく》の代《か》わりにしたいんです」

それから、みんなによびかけた。

「おい、みんな！　一緒《いっしょ》に、今日《きょう》の給食《きゅうしょく》を、つくっちゃおうぜ！」

＊

田中《たなか》くんのよびかけで、5年《ねん》1組全員《くみぜんいん》での、カレーづくりが始《はじ》まった。

「田中家秘伝《たなかけひでん》のレシピと、みんなにやってもらう仕事《しごと》は、前《まえ》の黒板《こくばん》に書《か》いておくぞーっ」

家庭科室《かていかしつ》の黒板《こくばん》に、田中《たなか》くんが、お母《かあ》さんのレシピを書《か》き写《うつ》していると――。

「なぁ、田中《たなか》」

ふりかえると、ミナミちゃんだ。心配《しんぱい》そうに、こう尋《たず》ねる。

「ミッションのこたえは、あれでほんまにええの？　あとで、投票《とうひょう》があるんやで？」

疑《うたが》うように、ミナミちゃんはするどく尋《たず》ねる。

「まさか、あきらめたん？」

「そんなんじゃねぇよ！　誰《だれ》かが誰《だれ》かを思《おも》いやる気持《きも》ちってのは、きっと、そのひとにしかないものなんだ。完全《かんぜん》にコピーなんか、できっこないんだよ。それが、調理員《ちょうりいん》さんたちや母《かあ》さんのノートを見《み》て考《かんが》えた、オレのこたえなの！」

田中《たなか》くんの様子《ようす》をかくにんして、ミナミちゃんは少《すこ》し安心《あんしん》したようだ。

「それでこそ、いつもの田中《たなか》やな」

ミナミちゃんは、ちょっとしたじょうだんをつけ加《くわ》える。

「田中《たなか》のカタキは、うちがとる。うちが給食《きゅうしょく》マスターになったるから、元気《げんき》だしーや！」

「おい、こら！　まだミッション失敗《しっぱい》って決《き》まったわけじゃねーぞ！　はははは！」

昨日《きのう》の下駄箱《げたばこ》のときの幽霊《ゆうれい》みたいな顔《かお》と、いまの顔《かお》。

田中《たなか》くんの表情《ひょうじょう》は、別人《べつじん》みたいに変《か》わっていた。

「あ、そうだ。ミナミ」

「なに？」

「あの、その……」

ほとんど聞《き》こえないような声《こえ》で、「サンキューな」といったのを、ぼくは聞《き》きのがさなかった。

下駄箱《げたばこ》でのミナミちゃんの必死《ひっし》のはげましは、しっかり、田中《たなか》くんの心《こころ》の底《そこ》に、届《とど》いていたんだ。

「え？　いま、なんて？　聞《き》こえへん」

「いや、だから、ミナミ」

照《て》れているのか、無理《むり》やり、話《はなし》を変《か》える田中《たなか》くん。

「あー、そうそう！　今日《きょう》は、おまえには、大活躍《だいかつやく》してもらうぞ」

田中《たなか》くんは、壁《かべ》にかかった時計《とけい》を見《み》た。

「もう時間《じかん》があんまりない。おまえ、野菜《やさい》の担当《たんとう》な。切《き》ってくれ」

「野菜《やさい》の、担当《たんとう》？」

「あまり料理《りょうり》をしたことがないひとたちには、ニンジンやジャガイモを洗《あら》ったり、たまねぎの皮《かわ》をむいたりしてもらっている。オレは肉《にく》をぜんぶ切《き》るけど、みんなの様子《ようす》も見《み》なくちゃいけない。これはミナミ、おまえにしか、頼《たの》めないんだ」

ミナミちゃんは、にこっとわらう。

「ええよ。ただな、田中《たなか》。最初《さいしょ》にごはんをたいておかなアカンで。たぶん、いま、給食《きゅうしょく》の時間《じかん》にまにあうかどうかの、ギリギリや」

「あ、ミナミちゃん。それなら、だいじょうぶっぽいよ」

ぼくは、横《よこ》から割《わ》ってはいった。

クラス委員長《いいんちょう》のユウナちゃんが、すでにお米《こめ》をとぎ終《お》わっていたんだ。科学《かがく》の実験《じっけん》かと思《おも》うくらいまじめな顔《かお》つきで、すいはん器《き》にいれる水《みず》の調整《ちょうせい》をしていたんだ。

黒板《こくばん》に書《か》かれた仕事《しごと》の割《わ》りふりを見《み》たノリオも、もう、動《うご》いている。

「オレサマは、カレーをもる皿《さら》やスプーンを、洗《あら》う係《かかり》かぁ。ふーん」

少《すこ》し、不満《ふまん》があるのかな？

「まぁ、大《だい》きらいなニンジンを、洗《あら》ったり切《き》ったりするよりは、よっぽどマシだぜ」

ノリオは、危《あぶ》なっかしい手《て》つきだったけど、お皿《さら》やスプーンを洗《あら》い始《はじ》めていた。

クラスのみんなが、ひとつになって、ひとつの目標《もくひょう》にむかっていたんだ。

「よっしゃ！　そしたら、ばんばん、野菜《やさい》持《も》ってきてや」

包丁《ほうちょう》をにぎるミナミちゃん。

ミナミちゃんの包丁《ほうちょう》さばきは、食堂《しょくどう》の手伝《てつだ》いで、毎日《まいにち》きたえられている。

そのあざやかな包丁《ほうちょう》さばきを、ぼくは、多田見先生《ただみせんせい》と一緒《いっしょ》になって、安心《あんしん》して見守《みまも》っていた。

すると――。

「鈴木《すずき》くん。ちょっと、よろしいですか」

横《よこ》にいた多田見先生《ただみせんせい》が、ぼくに、こんなことを尋《たず》ねてきたんだ。

「田中《たなか》くんの、どんなところが、給食《きゅうしょく》マスターにふさわしいと思《おも》いますか?」

「え? ぼくみたいに困《こま》っているひとを見《み》ると、いっしょうけんめいになってくれるところ。給食《きゅうしょく》を楽《たの》しくしてくれるところ。食《た》べ物《もの》にくわしいところ。あとは……」

なんで、そんなこと、先生《せんせい》は、ぼくに聞《き》いてるのかな?

「なるほどねぇ。わかりました」

多田見先生《ただみせんせい》は、うなずきながら、この場《ば》をはなれていった。

田中《たなか》くんのお母《かあ》さんの秘伝《ひでん》のカレーが完成《かんせい》すると、田中《たなか》くんは増田先輩《ますだせんぱい》に声《こえ》をかけた。

増田先輩《ますだせんぱい》は、さっきの校長先生《こうちょうせんせい》のイスで、本《ほん》を読《よ》んでいた。ねぇ、そろそろかえしてあげないと、校長先生《こうちょうせんせい》は立《た》ちっぱなしで困《こま》ると思《おも》うよ。

「いつまでも本《ほん》なんか読《よ》んでないで、こっちに座《すわ》ってください」

多田見先生《ただみせんせい》のとなりの席《せき》を、田中《たなか》くんは示《しめ》す。

「ぼくが、そこへ？」

「あたり前《まえ》じゃないですか。増田先輩《ますだせんぱい》も、いま、この場所《ばしょ》に一緒《いっしょ》にいるんです。みんなで、一緒《いっしょ》に、楽《たの》しく食《た》べましょうよ」

「ふむ」

読《よ》んでいた専門的《せんもんてき》な本《ほん》に、しおり代《が》わりの封筒《ふうとう》を、はさんでから。

増田先輩《ますだせんぱい》は、田中《たなか》くんにいわれたとおり、5年《ねん》1組《くみ》の給食《きゅうしょく》の輪《わ》に加《くわ》わった。

「いた〜だき〜ます！」

「「いた〜だき〜ます！」」

カレーのいい香《かお》りが、家庭科室《かていかしつ》をいっぱいにしていた。

ひとつの大《おお》きなまるいテーブルを、クラスみんなで囲《かこ》んで食《た》べる。

「おいしいね」

「たまには料理《りょうり》をするのも、悪《わる》くねーな」

みんなでつくったというよろこびもあってか、家庭科室《かていかしつ》は、楽《たの》しい空気《くうき》でいっぱいだ。

お母《かあ》さんの特製《とくせい》レシピでつくったカレーを、みんながよろこんで食《た》べている。

その様子《ようす》を、田中《たなか》くんは、満足《まんぞく》そうにながめていた。

それは、田中《たなか》くんにとって、本当《ほんとう》に幸《しあわ》せなことなんだろうなと、ぼくは思《おも》った。

「きゃー！　ねぇ、見《み》てっ！」

急《きゅう》に、ユウナちゃんが、うれしそうに声《こえ》をあげた。

「わたしのカレーのニンジンが、1個《こ》だけ、ハートの形《かたち》になってるの！」

見《み》せて見《み》せてとみんなの視線《しせん》が、ユウナちゃんのカレーに集《あつ》まる。

スプーンにのせられたニンジンは、たしかに、ハートの形《かたち》にカットされていた。

「おっ。ユウナにあたったんか。今日《きょう》のラッキーガールやね」

ちょっと遠《とお》くの席《せき》から、ミナミちゃんが楽《たの》しそうに声《こえ》をかけた。

「じつはな、ふつうに切《き》ってもオモロないから、２個《こ》だけ、ハートの形《かたち》のニンジンがまじっとんねん。あと1個《こ》、誰《だれ》かのカレーにはいっとんで。さがしてみ。見《み》つけたひとには、ええことあるかもしれへんで」

「なにぃ！」

ノリオが、動《うご》いた。

「幸運《こううん》のハート形《がた》ニンジンは、オレサマが、いただくぜ！」

自分《じぶん》のカレーをスプーンですくっては、ニンジンをさがし、形《かたち》を調《しら》べる。ふつうのニンジンを見《み》つけては食《た》べ、ふつうのニンジンを見《み》つけては食《た》べ……。

とうとうノリオのカレーの中《なか》には、ハートのニンジンは見《み》つからなかった。

「チクショウ……って、あれ？」

ノリオの動《うご》きがとまる。

「ハートのニンジンをさがしてたら、オレサマ、大《だい》きらいなニンジンを食《た》べちまってたぞ」

ノリオの行動《こうどう》に、クラスのみんなは大爆笑《だいばくしょう》だ。

「ははは！　ノリオ、ニンジン食《く》えたな！」

「ちょっとマヌケだけど、よかったじゃん！」

クラスのみんなの声《こえ》に、ノリオは照《て》れながら頭《あたま》をかいていた。

「よーし。そしたら、ここらでいっちょ、カンパイしようぜ！」

田中《たなか》くんが、牛乳《ぎゅうにゅう》ビンをつかんで、立《た》ちあがった。


「おまえらぁ、ちゅうもーく！」


ぼくたちはみんな、ニコニコと、自分《じぶん》の牛乳《ぎゅうにゅう》ビンを持《も》つ。

イスに片方《かたほう》の足《あし》をのせた田中《たなか》くんは、音楽《おんがく》ライブの歌手《かしゅ》のように、クラスのみんなをもりあげ始《はじ》めた。牛乳《ぎゅうにゅう》ビンが、マイクの代《か》わりだ。

「給食《きゅうしょく》が好《す》きかぁーっ？」

「「「おーっ！」」」

「牛乳《ぎゅうにゅう》が好《す》きかぁーっ？」

「「「おーっ！」」」

「みんなで、楽《たの》しく、食《た》べてるかぁーっ？」

「「「おおおおおおおおおおーっ！」」」

大《おお》きく息《いき》を吸《す》う田中《たなか》くん。

「楽《たの》しい給食《きゅうしょく》の時間《じかん》にい……」

「「「カンパーイ！」」」

ぼくたちは、笑顔《えがお》で、牛乳《ぎゅうにゅう》ビンを高《たか》くかかげた。

「「「わはははははははははははは！」」」

クラスのもりあがりが、最高《さいこう》になった。

「それでは、キミたち！」

そのとき、増田《ますだ》先輩《せんぱい》が、立《た》ちあがった。

「約束《やくそく》の、投票《とうひょう》だ！」

……そうだったよ。

さっきまでのもりあがりは、「投票《とうひょう》」のひと言《こと》で、すっかり消《け》されてしまったんだ。

楽《たの》しい夢《ゆめ》から、厳《きび》しい現実《げんじつ》に、一気《いっき》にひき戻《もど》されてしまった気分《きぶん》だよ。

＊

第《だい》3のミッション【給食《きゅうしょく》のカレーを、完全《かんぜん》に、コピーせよ！】

「前《まえ》にもいったが、かくにんしよう」

増田先輩《ますだせんぱい》が、ペンと、投票用紙《とうひょうようし》を配《くば》る。

「投票《とうひょう》したあとで、全員《ぜんいん》が○になったら、田中《たなか》くんを給食《きゅうしょく》マスター委員会《いいんかい》に推薦《すいせん》する。そういうルールだったね？」

しかも、給食《きゅうしょく》マスターになるためのテストは、人生《じんせい》で1回《かい》しか受《う》けられない。

今回《こんかい》のミッションを失敗《しっぱい》したら、田中《たなか》くんは、もう二度《にど》と給食《きゅうしょく》マスターになることができないんだ。

責任《せきにん》が、重《おも》いよ。

ぼくは、食《た》べかけのカレーを見《み》おろす。

もし「これは御石井小学校《おいしいしょうがっこう》の給食《きゅうしょく》のカレーですか？」と聞《き》かれれば、ぼくたちは全員《ぜんいん》、「いいえ」とこたえるに決《き》まってる。

だって、これは、田中《たなか》くんのお母《かあ》さん秘伝《ひでん》のレシピのカレーなんだ。

みんな、配《くば》られたペンを、持《も》てなかった。

ペンを持《も》ってしまえば、この状況《じょうきょう》では、×を書《か》くしかないんだから。

御石井小学校《おいしいしょうがっこう》の給食《きゅうしょく》のカレーは、コピーされていないんだ。


全員《ぜんいん》が、投票用紙《とうひょうようし》に、記号《きごう》を書《か》きこみ終《お》えた。

増田先輩《ますだせんぱい》は、テーブルを一周《いっしゅう》して、田中《たなか》くん以外《いがい》30人分《にんぶん》の投票用紙《とうひょうようし》を集《あつ》める。

ぼくたちは、悲《かな》しい気持《きも》ちで、多田見先生《ただみせんせい》の集計《しゅうけい》を待《ま》った。

だって、田中《たなか》くんは、御石井小学校《おいしいしょうがっこう》のカレーをつくっていないんだから。

「田中《たなか》くん以外《いがい》の5年《ねん》1組《くみ》30人《にん》のうち……」

ぼくのとなりで、田中《たなか》くんは、しずかに目《め》をつぶっている。

先生《せんせい》は、かなしそうに、発表《はっぴょう》した。

「×が30票《ぴょう》。全員《ぜんいん》が、×を、投票《とうひょう》しました」

……ああああっ！

第《だい》3のミッションも、失敗《しっぱい》だ！

田中《たなか》くんは、もうこれで、給食《きゅうしょく》マスターになれなくなっちゃったんだ。

お母《かあ》さんとの約束《やくそく》は、果《は》たせなかったんだ。

かける言葉《ことば》も見《み》つからずに、ぼくは、田中《たなか》くんの様子《ようす》をうかがった。

カレーのスプーンを置《お》いたまま、田中《たな》くんは、うつむいている。

田中《たなか》くんの気持《きも》ちを思《おも》うと、ぼくは、泣《な》きそうになるくらい悲《かな》しかった。自分《じぶん》のことじゃなくったって、本当《ほんとう》に、くやしかったんだ。自分《じぶん》が×しか書《か》けなかったことも、ものすごく、つらかった。

家庭科室《かていかしつ》は、重苦《おもくる》しいしずけさでいっぱいになった。カレーを食《た》べるスプーンの、カチャカチャした音《おと》が聞《き》こえるほどだ。

そんな中《なか》で、田中《たなか》くんは、ぼそぼそと、しゃべり始《はじ》めたんだ。

「みんな、応援《おうえん》してくれて、本当《ほんとう》にありがとう」

全員《ぜんいん》が、真剣《しんけん》に、聞《き》いている。

「オレは、いままでも、御石井小学校《おいしいしょうがっこう》のカレーはコピーできないと信《しん》じてるよ」

田中《たなか》くん、なみだをギリギリこらえてる。

「だから、みんながきちんと×を書《か》いてくれて、むしろよかったと思《おも》っているんだ」

誰《だれ》も、返事《へんじ》をできなかった。

「……オレ、母《かあ》さんとの約束《やくそく》を、果《は》たせなかった。みんなの期待《きたい》に、こたえられなかった」

そんなつらいこと、いわないでよ。

「だから、みんなにも、母《かあ》さんにも、あやまらなくちゃいけないんだけど……」

「なにいうてんの！」

家庭科室《かていかしつ》のいやなしずけさをやぶったのは、ミナミちゃんだった。

「お母《かあ》さんは、そばでずっと、おまえのこと見《み》とんねん。なにをあやまるっていうんや！　いっしょうけんめいがんばったことくらい、わかってくれてはるに決《き》まっとるやろ！」

ミナミちゃんのこのはげましで、教室《きょうしつ》の空気《くうき》は、ガラリと、変《か》わった。

ユウナちゃんが、ノリオが、クラスのみんなが、立《た》ちあがって、田中《たなか》くんにはげましの声《こえ》をかけ始《はじ》めたんだ。

「そうだよ！　あやまるのって、なにかちがうよ！」

「じつは、給食《きゅうしょく》マスターになる、他《ほか》の方法《ほうほう》があるかもしれないじゃないか！」

「田中《たなか》くん、元気《げんき》だしてよ！」

ぼくも、気《き》がつけば立《た》ちあがって、叫《さけ》んでいたよ。

みんなのはげましに、田中《たなか》くんは、「ありがとう」と「ごめんな」をくりかえす。

「だから、あやまらないでってば」

「ありがとう、みんな！」

ん？　どうしたんだろう？

ぼくたちのこの様子《ようす》を見《み》た増田先輩《ますだせんぱい》が、多田見先生《ただみせんせい》と、なんだかまじめな顔《かお》つきで話《はな》し合《あ》っている。多田見先生《ただみせんせい》と、増田先輩《ますだせんぱい》って、つながりは、なんにもないよねぇ？

増田先輩《ますだせんぱい》は、多田見先生《ただみせんせい》の目《め》を見《み》て、しっかりとうなずいた。

それから、本《ほん》にはさんでいた封筒《ふうとう》を、ひき抜《ぬ》くと、中《なか》から紙《かみ》をとりだした。

ペンで、紙《かみ》に、なにかを書《か》いているみたい。

そして……。

ゆっくりと、立《た》ちあがったんだ。

パチ・パチ・パチ・パチ・パチ・パチ・パチ……。

突然《とつぜん》の拍手《はくしゅ》に、ぼくたちは、あっけにとられてしまった。

たったひとりで拍手《はくしゅ》をしてから、増田先輩《ますだせんぱい》は、こんなことをいった。

「合格《ごうかく》だ」

最初《さいしょ》は、ぼくたち、いっている意味《いみ》がわからなかったよ。

「ぼくの名前《なまえ》で、田中《たなか》くんを、給食《きゅうしょく》マスターに推薦《すいせん》しよう。いま、ここに、ぼくのサインを書《か》いた」

増田先輩《ますだせんぱい》は、推薦状《すいせんじょう》を、ぼくたちに見《み》せた。

「「「えええええええええええええええーっ？」」」

やっと状況《じょうきょう》を飲《の》みこんだぼくたちは、いまさら、本気《ほんき》でおどろいたんだ。

「ちょっと待《ま》ってください、先輩《せんぱい》！」

田中《たなか》くんだって、そりゃ、あわてた。

「オレは、御石井小学校《おいしいしょうがっこう》のカレーのコピーもしていないし、みんなから○を投票《とうひょう》してもらってもいないんですよ」

そうだよ。まさか、お情《なさ》け？

クラスの悲《かな》しそうなふんいきに負《ま》けて、なんとなく合格《ごうかく》にしたってわけ？

「じつは」

増田先輩《ますだせんぱい》は、田中《たなか》くんにほほえみかける。

「第《だい》3のミッションは、キミのこたえが正《ただ》しいのさ」

ええっ？

コピーできない、ってのは、正解《せいかい》だったのか！

「料理《りょうり》には、つくるひとの気持《きも》ちがはいっている。それを完全《かんぜん》にコピーできるなんてふざけたことを考《かんが》えていたら、いまごろキミは、不合格《ふごうかく》だった」

「でも、投票《とうひょう》の結果《けっか》が……」

そうなんだよ。誰《だれ》も、田中《たなか》くんに、○を投票《とうひょう》していないじゃないか。

「ふははははは。ぼくは『全員《ぜんいん》が○を投票《とうひょう》したら』とは、ひと言《こと》も、いっていないのだよ。ひとの話《はなし》は、きちんと聞《き》きたまえ」

増田先輩《ますだせんぱい》は、イタズラっぽくわらった。


「ぼくはね、『全員《ぜんいん》が○になったら』と、いったのさ」


全員《ぜんいん》が○になったら？

どういうこと？

「見《み》たまえ」

増田《ますだ》先輩《せんぱい》は、家庭科室《かていかしつ》のまるいテーブルを、手《て》のひらでぐるりと示《しめ》す。

「みんなで、ひとつの、大《おお》きな○をつくっているだろう？」

たしかに、この家庭科室《かていかしつ》のテーブルは、まるい。

ひとつの大《おお》きなまるいテーブルの円周《えんしゅう》にそって、みんなで席《せき》に着《つ》いている。

先輩《せんぱい》は、田中《たなか》くんに語《かた》りかける。

「いただきますの前《まえ》に、田中《たなか》くん、キミは、すみっこにいたぼくを、給食《きゅうしょく》の輪《わ》にはいるようさそった。そうだね？」

「はい」

「多田見《ただみ》先生《せんせい》もふくめ、あの瞬間《しゅんかん》、『全員《ぜんいん》が○になった』じゃないか。ふはははははは」

増田《ますだ》先輩《せんぱい》は、本当《ほんとう》にうれしそうなんだ。

「○とは、輪《わ》のことだ。ひとが集《あつ》まって初《はじ》めて、輪《わ》ができるのさ。夢《ゆめ》をくだかれ、絶望《ぜつぼう》につき落《お》とされた田中《たなか》くんを、クラスのみんなが、輪《わ》になってはげます。なんとすばらしい友情《ゆうじょう》なんだ！」

増田《ますだ》先輩《せんぱい》のいう、「全員《ぜんいん》が○になったら」。

それは、投票《とうひょう》の結果《けっか》をあらわす言葉《ことば》じゃなかった。

田中《たなか》くんのために、クラスのみんなが一丸《いちがん》となることが、ミッションクリアの条件《じょうけん》だったんだよ！

「田中《たなか》くん、キミには、こんなにもすばらしい仲間《なかま》がいる。今回《こんかい》のトライアルでは、キミに、そのことを、身《み》をもってわかってほしかったんだ」

田中《たなか》くんは、笑顔《えがお》のぼくたちを見《み》ながら、増田先輩《ますだせんぱい》の言葉《ことば》をくりかえした。

「オレには、仲間《なかま》が、いる」

「さあ！　これにて、田中《たなか》くんの『給食《きゅうしょく》マスター・トライアル』は、終了《しゅうりょう》だ！」

増田先輩《ますだせんぱい》は、声高《こえたか》らかに、宣言《せんげん》した。

「ぼくの名前《なまえ》と責任《せきにん》で、キミを給食《きゅうしょく》マスター委員会《いいんかい》に、推薦《すいせん》する！」

これを聞《き》いた田中《たな》くんは……。

「よっしゃあああああああっ！」

右《みぎ》のにぎりこぶしをつきあげ、飛《と》びあがってよろこんだんだ。

そのまま走《はし》りだしそうなくらい、田中《たなか》くんのよろこびはとまらない。

「やったね、田中《たなか》くん」

この1週間《しゅうかん》、本当《ほんとう》に、苦労《くろう》したよね！

「ミノル、オレ、ついにやったんだよ！」

ぼくたちは、抱《だ》き合《あ》って、よろこんだ。

じつは、このとき——。

推薦状《すいせんじょう》の、増田先輩《ますだせんぱい》のサインの上《うえ》に、もうひとり分《ぶん》の名前《なまえ》を書《か》くスペースがあることには、だーれも気《き》づいていなかったんだけどね。

「田中《たなか》くん、おめでとう！」

「お母《かあ》さんとの約束《やくそく》を果《は》たせたね！」

クラスのみんなが、大《おお》きな拍手《はくしゅ》で、田中《たなか》くんを祝福《しゅくふく》する。

駆《か》け寄《よ》ってきてくれたクラスのみんなが、まさしく輪《わ》のようにぼくたちを囲《かこ》んで、田中《たなか》くんのミッションクリアをよろこんだんだ。

こうして、田中《たなか》くんは、お母《かあ》さんとの約束《やくそく》を果《は》たすことができた。

あたらしい給食《きゅうしょく》マスターとして、委員会《いいんかい》に推薦《すいせん》されることが決《き》まったんだ。

ぼくも、本当《ほんとう》に、うれしいよ！

「おめでとう、田中《たなか》くん！」

拍手《はくしゅ》は、いつまでも、鳴《な》りつづけていた。

よろこびの空気《くうき》も、おちついたころ。

席《せき》に着《つ》いた田中《たなか》くんは、スプーンで、カレーをひとすくいした。

すると、すぐに、おどろきの声《こえ》をあげたんだ。

「ハート形《がた》のニンジンが、オレのカレーに！」

なんと、もう1個《こ》のハート形《がた》のニンジンは、田中《たなか》くんのお皿《さら》にきていたんだ。

「お、田中《たなか》。ラッキーやね」

ほほえむミナミちゃんは、ライバルの田中《たなか》くんに、やさしい言葉《ことば》をかけたんだ。

「ほんまに、おめでとう！　さっそく、ええこと、あったやん？」

＊

「みなさん。さいごに、ひとつだけ。先生《せんせい》から、お話《はなし》をさせてください」

多田見先生《ただみせんせい》が、ぼくたちによびかけた。

「大《おお》きな輪《わ》になったみなさんが、田中《たなか》くんのため、はげましの心《こころ》をひとつにした。たいへん、すばらしいことですね」

先生《せんせい》は、黒板《こくばん》の前《まえ》へむかう。

「給食中《きゅうしょくちゅう》にすみません。ひと文字《もじ》だけ、書《か》かせてください」

先生《せんせい》は、チョークの粉《こな》が飛《と》ぶのを気《き》にしているようで、ゆっくりとしずかに、白《しろ》いチョークで黒板《こくばん》に文字《もじ》を書《か》いた。

和《わ》

「輪《わ》は、和《わ》に、つながります。これはダジャレやヘリクツではありません。むかしむかし、平安時代《へいあんじだい》といういまから１０００年以上《ねんいじょう》もむかしの辞書《じしょ》に、そう書《か》いてあります」

１０００年以上《ねんいじょう》むかしの辞書《じしょ》？　多田見先生《ただみせんせい》は、いったいなににについて、話《はな》し始《はじ》めたんだろう？

「しかし、さきほどのみなさんのように輪《わ》ができても、おたがいがわかり合《あ》えないと、そこに和《わ》は生《う》まれません」

多田見先生《ただみせんせい》は、家庭科室《かていかしつ》にいる全員《ぜんいん》に目《め》をむけた。

「みなさんは、心《こころ》をひとつにして、田中《たなか》くんをはげましていました。輪《わ》の中《なか》に、和《わ》が生《う》まれたのです」

なぜ多田見先生《ただみせんせい》がこんな話《はなし》を？

「ちなみに、給食《きゅうしょく》マスター委員会《いいんかい》は、この『和《わ》』の1文字《もじ》を理想《りそう》にかかげて、活動《かつどう》をしています。なにせ、給食皇帝《ロイヤルマスター》の部屋《へや》には、『和《わ》』と書《か》かれた掛《か》け軸《じく》が飾《かざ》ってあるくらいですから」

この発言《はつげん》を聞《き》いて、急《きゅう》に、田中《たなか》くんの表情《ひょうじょう》がかたくなった。

「ま、まさか。多田見先生《ただみせんせい》は、給食《きゅうしょく》マスター委員会《いいんかい》の……」

「ところで、三田《みた》さん」

急《きゅう》に、ユウナちゃんが呼《よ》ばれ、田中《たなか》くんの発言《はつげん》はさえぎられた。

「和《わ》という字《じ》の、左側《ひだりがわ》は、どういう意味《いみ》だか知《し》っていますか？」

禾《のぎ》、のことだ。どんな意味《いみ》なんだろう？

「えーと。たしか、お米《こめ》とか麦《むぎ》とか、という意味《いみ》です」

「ええ、そうです。大正解《だいせいかい》です。お米《こめ》や麦《むぎ》などのことを、穀物《こくもつ》、といいます。すばらしい」

ユウナちゃん、もの知《し》りだなぁ。

にこにこと、多田見先生《ただみせんせい》はつづけた。

「和《わ》という字《じ》は、お米《こめ》など穀物《こくもつ》の意味《いみ》を持《も》つ禾《のぎ》に、口《くち》と書《か》きます」

穀物《こくもつ》と、口《くち》。へぇ、知《し》らなかったよ。

「みんなでおいしいごはんを食《た》べると、和《なご》やかな気持《きも》ちになる。まさしく、いまの、みなさんのことじゃないですか。楽《たの》しくまとまれるクラスになってくれて、先生《せんせい》は、とても、うれしいですよ」

それから、よっぽどカレーがおいしかったのだろう。自分《じぶん》の空《から》っぽになったお皿《さら》を手《て》にとって、カレー鍋《なべ》のほうへしずかにむかった。

「ああっ！　小食多田見先生《しょうしょくただみせんせい》が、おかわりをしようとしているぞ！」

ノリオ主催《しゅさい》のおかわりジャンケンに、本気《ほんき》の目《め》をして参加《さんか》していた。ぼくたちは、担任《たんにん》の先生《せんせい》の本気《ほんき》のジャンケンを、初《はじ》めて見《み》た。

一番本気《いちばんほんき》だった先生《せんせい》は、けっきょく、ジャンケンに負《ま》けた。大人《おとな》のくせに、ものすごく、しょんぼりしていた。あまりにもかなしそうな顔《かお》をしていたので、見《み》かねたノリオは少《すこ》しだけ、勝《か》ちとったおかわりのカレーを、多田見先生《ただみせんせい》にわけてあげていた。

そんな多田《ただ》見先生《みせんせい》を見《み》ていたら、ぼくの頭《あたま》には、あらたな疑問《ぎもん》が浮《う》かんだんだ。

さっき、多田見先生《ただみせんせい》の発言《はつげん》を聞《き》いて、田中《たなか》くんの表情《ひょうじょう》が、かたくなっていたよね。

なんで、ぼくたちの小学校《しょうがっこう》の担任《たんにん》の多田見先生《ただみせんせい》が、給食《きゅうしょく》マスター委員会《いいんかい》の理想《りそう》なんか、知《し》っているんだろう？

給食皇帝《ロイヤルマスター》ってひとの部屋《へや》の、掛《か》け軸《じく》に書《か》かれた文字《もじ》なんて、なぜ知《し》っているんだろう？

このあと、ぼくのこの疑問《ぎもん》は、ちょっと意外《いがい》な着地《ちゃくち》をするんだ。

「それでは、多田見先生《ただみせんせい》」

増田先輩《ますだせんぱい》は立《た》ちあがると、席《せき》に戻《もど》ってきた多田見先生《ただみせんせい》に、腰《こし》から折《お》れて一礼《いちれい》した。

顔《かお》をあげた増田先輩《ますだせんぱい》のひと言《こと》に、ぼくたちは、本当《ほんとう》におどろいたんだ。

「給食皇帝《ロイヤルマスター》へのご報告《ほうこく》は、『給食《きゅうしょく》マスター判定員《はんていいん》』である先生《せんせい》のほうから、よろしくおねがいいたします」

増田先輩《ますだせんぱい》は、おかわりのカレーをほおばる多田見先生《ただみせんせい》に、自分《じぶん》のサインのはいった推薦《すいせん》状《じょう》を手《て》わたした。

「こちらに、多田見判定員《ただみはんていいん》の、サインをおねがいいたします」

多田見先生《ただみせんせい》は、ほほえみながら、増田先輩《ますだせんぱい》のわたしたペンで、推薦状《すいせんじょう》に名前《なまえ》を書《か》いた。

さっき増田先輩《ますだせんぱい》が名前《なまえ》を書《か》いた上《うえ》にあった、もうひとつの、空白《くうはく》の部分《ぶぶん》にね。

この『給食《きゅうしょく》マスター・トライアル』。

合格《ごうかく》かどうかを判定《はんてい》するひとは、増田先輩《ますだせんぱい》だけじゃなかったんだ。

ずっと田中《たなか》くんを見守《みまも》りつづけていた、多田見先生《ただみせんせい》。

そういえば、ぼくも、みんなでカレーをつくっているときに、「田中《たなか》くんの、どんなところが、給食《きゅうしょく》マスターにふさわしいと思《おも》いますか？」って、聞《き》かれていたよ。

じつは多田見先生《ただみせんせい》は――。

給食《きゅうしょく》マスター委員会《いいんかい》に所属《しょぞく》する、影《かげ》の判定員《はんていいん》だったんだ。

「田中《たなか》くん。よくがんばりましたね」

多田見先生《ただみせんせい》が、田中《たなか》くんにほほえみかける。

そうだよね。思《おも》えば、はげしい1週間《しゅうかん》だったよ。

「担任《たんにん》の先生《せんせい》として、また、『給食《きゅうしょく》マスター判定員《はんていいん》』として、わたしはいま、たいへんうれしいです。ずっと、しずかに、田中《たなか》くんを、ただただ見守《みまも》ってきたかいがあったというものです」

先生《せんせい》は、推薦状《すいせんじょう》を三《みっ》つに折《お》り、増田先輩《ますだせんぱい》から受《う》けとった封筒《ふうとう》にいれた。

「わたしが、給食《きゅうしょく》マスター委員会《いいんかい》に、かならず提出《ていしゅつ》をいたします」

やったね！

田中《たなか》くんの、お母《かあ》さんとの約束《やくそく》が、ついに、果《は》たされたんだ！

＊

放課後《ほうかご》。

ぼくと田中《たなか》くんは、公園《こうえん》のジャングルジムに登《のぼ》って、ふたり並《なら》んで遠《とお》くを見《み》ていた。

7月《がつ》とはいえ、夕方《ゆうがた》おそくになれば、だんだんと辺《あた》りは暗《くら》くなっている。

本当《ほんとう》は、もっとはやく家《いえ》に帰《かえ》らなきゃいけないんだけど、この1週間《しゅうかん》の大騒《おおさわ》ぎを、ふたりで思《おも》いかえしていたら、時間《じかん》はあっという間《ま》にすぎていた。

とくに。

ミナミちゃんのつくったハート形《がた》のニンジンが、田中《たなか》くんのお皿《さら》にはいっていたこと。

証拠《しょうこ》はないんだけれど……ぼくには、どうしてもミナミちゃんが、応援《おうえん》するために田中《たなか》くんのお皿《さら》をねらって、いれてくれたような気《き》がしてしかたがなかったんだ。

「なぁ、ミノル」

ジャングルジムの上《うえ》で、足《あし》をぷらぷらさせる田中《たなか》くん。

田中《たなか》くんは、今回《こんかい》のトライアルで、気《き》づいたことがあるのだという。

「すべては、増田先輩《ますだせんぱい》の、計画《けいかく》どおりだったんだろうな」

「どうしてそう思《おも》うの？」

「だって、第《だい》3のミッションのとき、増田先輩《ますだせんぱい》は、わざわざ推薦状《すいせんじょう》を持《も》ってきていたんだぜ？」

たしかに！

第《だい》1のミッションのときも、第《だい》2のミッションのときも、封筒《ふうとう》なんか、持《も》ってきてはいなかったよ。

「しかも、〇になったら合格《ごうかく》ってさ。ははははは」

わらってから田中《たなか》くんは真剣《しんけん》な表情《ひょうじょう》でつづけた。

「みんなの協力《きょうりょく》で、オレは合格《ごうかく》できたんだなぁ」

すべては、増田《ますだ》先輩《せんぱい》の計画《けいかく》どおり。

そこに、きっと、まちがいはないんだと思《おも》う。

「最初《さいしょ》から、増田《ますだ》先輩《せんぱい》は、オレを給食《きゅうしょく》マスターとして育《そだ》てようとしてくれていたんだよ」

「じゃあさ、田中《たなか》くん」

ぼくは、ぴょんと、ジャングルジムから飛《と》びおりた。

「きちんと、期待《きたい》に、こたえないとね」

田中《たなか》くんを、見《み》あげた。

「気《き》は抜《ぬ》けないよ！」

「ああ、そうだな！」

田中《たなか》くんも、飛《と》びおりた。

飛《と》びおりたそのままの勢《いきお》いで、田中《たなか》くんは、走《はし》りだす。

「あ、待《ま》ってよ。田中《たなか》くん！」

「ミノル、ついてこい！」

夏《なつ》の夕方《ゆうがた》を走《はし》り抜《ぬ》けるぼくたちのことを、気《き》のはやい一番星《いちばんぼし》が遠《とお》くから見守《みまも》っていた。

ぼくの前《まえ》を走《はし》る田中《たなか》くんは、かがやく一番星《いちばんぼし》にむかっているように、見《み》えたんだ。

この物語《ものがたり》はフィクションです。実際《じっさい》に食事《しょくじ》をする際《さい》は、食品《しょくひん》のアレルギーなどに十分《じゅうぶん》に注意《ちゅうい》してバランスのいい食事《しょくじ》を心《こころ》がけましょう!

集英社みらい文庫

牛乳《ぎゅうにゅう》カンパイ係《がかり》、田中《たなか》くん

天才給食《てんさいきゅうしょく》マスターからの挑戦状《ちょうせんじょう》！

並木《なみき》たかあき 作

フルカワマモる 絵

ファンレターのあて先
〒101-8050 東京都千代田区一ツ橋2-5-10 集英社みらい文庫編集部
いただいたお便りは編集部から先生におわたしいたします。

2016年12月27日 第1刷発行
2017年 4月12日 第4刷発行

発行者 北畠輝幸
発行所 株式会社 集英社
〒101-8050 東京都千代田区一ツ橋2-5-10
電話 編集部 03-3230-6246
読者係 03-3230-6080
販売部 03-3230-6393(書店専用)
http://miraibunko.jp
装丁 高岡美幸（POCKET） 中島由佳理
印刷 図書印刷株式会社 凸版印刷株式会社
製本 図書印刷株式会社

★この作品はフィクションです。実在の人物・団体・事件などにはいっさい関係ありません。

ISBN978-4-08-321349-6 C8293 N.D.C.913 188P 18cm

©Namiki Takaaki Furukawa Mamoru 2016 Printed in Japan

定価はカバーに表示してあります。造本には十分注意しておりますが、乱丁、落丁（ページ順序の間違いや抜け落ち）の場合は、送料小社負担にてお取替えいたします。購入書店を明記の上、集英社読者係宛にお送りください。但し、古書店で購入したものについてはお取替えできません。
本書の一部、あるいは全部を無断で複写（コピー）、複製することは、法律で認められた場合を除き、著作権の侵害となります。また、業者など、読者本人以外による本書のデジタル化は、いかなる場合でも一切認められませんのでご注意ください。

ちゅうもく!
人気急上昇《にんききゅうじょうしょう》につき
第《だい》3弾《だん》
発売決定《はつばいけってい》!!!

牛乳《ぎゅうにゅう》カンパイ係《がかり》、田中《たなか》くん

第《だい》3弾《だん》は

2017年《ねん》
4月《がつ》28日《にち》(金《きん》)
発《はつ》売《ばい》予《よ》定《てい》!!!

増《ます》田《だ》先《せん》輩《ぱい》に推《すい》薦《せん》され、
やってきた“給《きゅう》食《しょく》マスター委《い》員《いん》会《かい》”で
田《た》中《なか》くんが目《め》にしたものは…!!!!
給食皇帝《ロイヤルマスター》が登《とう》場《じょう》…!?

オレ
給《きゅう》食《しょく》マスターに
なるから
おまえらぜったい
読《よ》んでくれよ!

「みらい文庫《ぶんこ》」読者《どくしゃ》のみなさんへ

言葉《ことば》を学《まな》ぶ、感性《かんせい》を磨《みが》く、創造力《そうぞうりょく》を育《はぐく》む……、読書《どくしょ》は「人間力《にんげんりょく》」を高《たか》めるために欠《か》かせません。

たった一枚《いちまい》のページをめくる向《む》こう側《がわ》に、未知《みち》の世界《せかい》、ドキドキのみらいが無限《むげん》に広《ひろ》がっている。

これこそが「本《ほん》」だけが持《も》っているパワーです。

学校《がっこう》の朝《あさ》の読書《どくしょ》に、休《やす》み時間《じかん》に、放課後《ほうかご》に……。いつでも、どこでも、すぐに続《つづ》きを読《よ》みたくなるような、魅力《みりょく》に溢《あふ》れる本《ほん》をたくさん揃《そろ》えていきたい。読書《どくしょ》がくれる、心《こころ》がきらきらしたり胸《むね》がきゅんとする瞬間《しゅんかん》を体験《たいけん》してほしい、楽《たの》しんでほしい。みらいの日本《にほん》、そして世界《せかい》を担《にな》うみなさんが、やがて大人《おとな》になった時《とき》、「読書《どくしょ》の魅力《みりょく》を初《はじ》めて知《し》った本《ほん》」「自分《じぶん》のおこづかいで初《はじ》めて買《か》った一冊《いっさつ》」と思《おも》い出《だ》してくれるような作品《さくひん》を一所懸命《いっしょけんめい》、大切《たいせつ》に創《つく》っていきたい。

そんないっぱいの想《おも》いを込《こ》めながら、作家《さっか》の先生方《せんせいがた》と一緒《いっしょ》に、私《わたし》たちは素敵《すてき》な本作《ほんづく》りを続《つづ》けていきます。「みらい文庫《ぶんこ》」は、無限《むげん》の宇宙《うちゅう》に浮《う》かぶ星《ほし》のように、夢《ゆめ》をたたえ輝《かがや》きながら、次々《つぎつぎ》と新《あたら》しく生《う》まれ続《つづ》けます。

本《ほん》を持《も》つ、その手《て》の中《なか》に、ドキドキするみらい――。

本《ほん》の宇宙《うちゅう》から、自分《じぶん》だけの健《すこ》やかな空想力《くうそうりょく》を育《そだ》て、〝みらいの星《ほし》〟をたくさん見《み》つけてください。

そして、大切《たいせつ》なこと、大切《たいせつ》な人《ひと》をきちんと守《まも》る、強《つよ》くて、やさしい大人《おとな》になってくれることを心《こころ》から願《ねが》っています。

2011年《ねん》　春《はる》

集英社《しゅうえいしゃ》みらい文庫《ぶんこ》編集部《へんしゅうぶ》